KE. IN ELCH. Sebastian Lehmann

N. IRGENDS

AF185718

aufbau taschenbuch

SEBASTIAN LEHMANN, 1982 in Freiburg geboren, lebt in Berlin. Seit über zehn Jahren schreibt er Kurzgeschichten über Themen wie Langeweile, Schlafen, Apokalypse, Kapitalismus und neuerdings auch Elche. Er liest auf Poetry Slams in ganz Deutschland und bei der Lesebühne *Lesedüne* in Kreuzberg.

Im Aufbau Taschenbuch liegt ebenfalls sein Hyperrealität-Hipster-Roman *Genau mein Beutelschema* vor.

Mehr zum Autor unter www.sebastianlehmann.net

Zuhause sind alle so erwachsen geworden und langweilig. Da macht Sebastian nicht mit. Also raus aus Berlin und rein in die Welt. Er sucht das Unbekannte und eine Antwort darauf, wie man zwischen Biokiste und Ironic Wedding überleben soll. Aber findet zwischen Stockholm und New York immer nur die gleichen Probleme, mit denen er sich schon zu Hause nicht herumschlagen will. Trotzdem sucht er weiter. Weil er gerne mal irgendwo ankommen würde. Das scheint fast genauso schwer, wie einen Elch zu finden. Denn vielleicht gibt es gar keine Elche.

»Lakonische Aufzeichnungen, deren Witz in der ironischen Selbstreflexion bestehen.«

Kölner Stadtanzeiger

KEIN ELCH.

Sebastian
Lehmann

NIRGENDS

Geschichten
von Zuhause und
von weit weg

 aufbau taschenbuch

MIX

Papier aus verantwor-
tungsvollen Quellen

FSC
www.fsc.org   FSC® C083411

ISBN 978-3-7466-3084-7

Aufbau Taschenbuch ist eine Marke
der Aufbau Verlag GmbH & Co. KG

2. Auflage 2020
© Aufbau Verlag GmbH & Co. KG, Berlin 2014
Umschlaggestaltung morgen, Kai Dieterich
unter Verwendung eines Motivs von istockphoto/sengerg
Druck und Binden CPI books GmbH, Leck, Germany
Printed in Germany

www.aufbau-verlag.de

Weit weg

MANCHMAL
KOMMT MAN AN

Ein Zug fährt in den Bahnhof ein, ein Flugzeug senkt sich im Landeanflug über der Stadt, Autos scheren aus und verlassen langsamer werdend die Autobahn. Weiter durchs Industrieviertel, durch triste Außenbezirke, vorbei an Fast-Food-Ketten und Baumärkten, schließlich die hellen Lichter der Innenstadtpromenaden.

Ständig komme ich irgendwo an.

Das Rattern meines Rollkoffers auf dem unebenen Asphalt. Die Einheimischen beäugen mich misstrauisch. Ich studiere den fremden U-Bahnplan und verstehe nichts. Excuse me, I'm looking for ...

Suche ich hier, was ich Zuhause vermisse? Ohne zu wissen, was das überhaupt ist. Weit weg. Ich fange immer wieder von vorne an. Ein seltsames Hochgefühl vermengt mit Unsicherheit. Die Möglichkeiten beginnen jetzt, und Erwartungen werden bestätigt oder enttäuscht.

In eine unbekannte Stadt zu kommen, ist wie ein neues Buch aufzuschlagen.

Zuhause

DAS GLÜCK IST MIT DEN DUMMEN

Die Party ist vorbei. Das sollte ich langsam einsehen. Sex, Drugs and Rock'n'Roll war früher. Inzwischen werde ich zu Spieleabenden eingeladen.

»Schön, dass du auch mal dabei bist«, sagen die Freunde, als ich ihre Wohnung betrete. »Dann können wir sofort anfangen zu spielen!«

»Auch wenn ich nur ein Meter vierundsiebzig groß bin, bedeutet das nicht, dass ich erst neun Jahre alt bin und bei eurem Kinderkram mitmache«, sage ich.

»Du bist doch nie und nimmer ein Meter vierundsiebzig groß«, rufen die Freunde, lachen und tätscheln mir auf dem Kopf rum.

Es gibt wenig, was ich mehr hasse als Spieleabende. Wenn man sich sowieso nichts zu sagen hat, dann braucht man sich ja erst gar nicht zu treffen. Den ganzen Abend ein vollkommen hirnrissiges Spiel zu spielen, nur um nicht miteinander reden zu müssen, ist doch wirklich die Höhe des Sozialfaschismus.

»Man kann doch so viele andere Dinge tun, wenn man sich mit Freunden trifft«, sage ich. »Sich betrinken und auch … äh …« Ich verliere den Faden.

Die Freunde beginnen unbeeindruckt das riesige und hochkomplizierte Spielbrett aufzubauen, sowie seltsame Plastikfiguren und mit Sagengestalten bedruckte Karten zu verteilen.

Ich spiele auch deswegen nicht gern, weil ich keinen Ehrgeiz habe und mir vollkommen egal ist, ob ich gewinne. Blöderweise geht es beim Spielen immer ums Gewinnen.

»Wir wollen doch nur gemeinsam eine Stadt errichten und eine überlegene Zivilisation aufbauen«, höre ich schon die Strategiespiel-Fetischisten widersprechen. »Und erst danach mit unseren riesigen Armeen die Städte unserer Mitspieler verbrennen, niederwalzen, ausrotten, vernichten und auslöschen. Harharhar*.«

Schon in meiner Kindheit mochte ich keine Brettspiele. Einmal überredeten mich meine Freunde aber nach der Schule mit ihnen Risiko zu spielen. Da musste man Länder mit Streitheeren erobern. Indem man würfelte! Hallo, geht's noch langweiliger? Also war mir völlig egal, ob ich gewann, war doch ohnehin reines Glück, und ich erntete verständnislose Blicke, als ich alle meine Einheiten auf einem Land anhäufte.

»Jetzt marschier endlich in Alaska ein, Dirk hat da nur ein Pferd stehen und du hast schon dreihundert Einheiten in Kamtschatka gebunkert! Das ist doch Irrsinn!«, rief mein Freund Florian verzweifelt.

»Nein«, sagte ich, »ich mag es hier in der beschaulichen russischen Steppe.«

Bei Risiko geht es am Ende immer um die Weltherrschaft. Die konnte allerdings nie jemand erreichen, da ich

* Diabolisches Lachen

ja dreißig Kanonen auf Kamtschatka stehen hatte. Selbst Amis und Russen zusammen hatten da keine Chance.

Später wurde ich dann nicht mehr eingeladen.

Die Risiko-Spieler waren ohnehin die uncoolen Nerds, die sonst nur auf ihrem 4/86er Computer langweilige Adventures spielten. Wir – die Coolen – betranken uns dagegen lieber und machten auch ... äh ... andere coole Sachen. Inzwischen sind die Risiko-Nerds alle Senior-Creative-Game-Assistant-Manager bei Sony, verdienen zehnmal soviel wie ich und kriegen alle hübschen Mädchen ab, weil sie deren Modeblogs pimpen. Irgendwas muss da falsch gelaufen sein in den letzten Jahren. Oder Jahrzehnten.

Beim Spieleabend heute wird allerdings nicht Risiko, sondern so ein seltsames Fantasy-Ritter-Spiel gespielt, dessen Namen ich mir nicht merken kann, Die Rache der Wanderhure oder so. Der Gastgeber erklärt mir die Spielregeln, aber ich verstehe kein Wort. Eigentlich höre ich gar nicht zu. Es geht wohl darum, Burgen zu bauen, Zauberbäume zu pflanzen und Hexen zu verbrennen.

Irgendwie komme ich mir verarscht vor. Ich meine, ich habe neunzehn Semester Philosophie studiert. Ich kann eine druckreife Rede über das Leib-Seele-Problem bei Leibniz halten, und jetzt soll ich mit einem lila Zauberwürfel Feen und Orks töten?

Das Spiel beginnt. Alle anderen denken stundenlang über irgendwelche Strategien nach und wägen jeden Zug ab. Ich setze meine Spielfiguren einfach da hin, wo gerade frei ist, und trinke in großen Schlucken den Lidl-Rotwein, den ich selbst als Gastgeschenk mitgebracht habe. Rock'n'Roll.

»Gib dir doch wenigstens ein bisschen Mühe«, sagt der

Gastgeber herablassend. »Du kannst deinen Zauberlehrling nicht auf dieses Feld setzen. Mit meiner Hexe verwandle ich den doch sofort in eine einäugige Waldeule.«

»Ich setze meinen Harry Potter hin, wo ich will!«, rufe ich und schütte Rotwein über das Spielfeld. »Und dann fickt der deine einäugige Waldhure bis sie …« Ich verliere den Faden.

Doch dann passiert etwas, was bei solch elaborierten Spieleabenden eigentlich nicht vorkommen sollte: Ich habe Glück. Und gewinne. Die ganze Zeit.

Der Gastgeber und die zwei anderen professionellen Wanderhuren-Spieler sind schon ganz verzweifelt. Einer beginnt leise vor sich hinzuwimmern, der andere redet wild auf seine Plastikspielfigur ein: »Du schaffst das, mein großer Magier.« Nur der Gastgeber bleibt trotzig, weicht nicht von seinem komplizierten Plan ab und sieht stoisch mit an, wie ich ihn so richtig fertigmache.

»Ich habe schon wieder den Maximum-Zauber gewürfelt«, lalle ich. »Ihr seid alle tot!« Ich fege mit meiner Hand die ganzen Figuren vom Tisch und kotze dann aufs Spielfeld.

»Ein magischer Todesregen geht auf Hogwarts nieder. Lord Vandalismus kriegt sie alle!«

»Das Glück ist halt mit den Dummen«, sagt der Gastgeber und wirft mich aus seiner Wohnung.

»Während ihr euch mit eurem blöden Harry-Potter-Spiel beschäftigt habt«, rufe ich noch im Treppenhaus, »habe ich das Leib-Seele-Problem bei Leipzig gelöst. Und zwar ist es so …« Ich verliere den Faden.

Schweden

STOCKHOLM SYNDROM

Wenn in Berlin Schnee liegt, ist er nach zwei Tagen so grau wie die Häuser, Straßen und Gesichter der ewig missmutig vor sich hinstarrenden Berliner. Unter den kahlen Bäumen schimmert er manchmal sogar gelblich, weil zu viele stinkende Hunde oder besoffene Partytouristen darauf gepinkelt haben. In Stockholm dagegen glitzert der Schnee den ganzen Winter über perfekt weiß, wie ein frisch zusammengebautes Billy-Regal.

Es war die richtige Entscheidung, mal wieder Berlin zu verlassen und nach Stockholm zu fahren. Seit Jahren komme ich schon nach Schweden, erst mit meinen Eltern, dann allein, immer mit der Hoffnung, einen Elch zu sehen. Aber noch nie ist mir einer über den Weg gelaufen. Auch in den letzten Tagen bin ich wieder durch die Wälder gefahren, doch kein Elch, nirgends. Ich könnte es auch einfacher haben, in Stockholm gibt es einen großen Naturpark namens Skansen, in dem zwischen alten, roten Holzhäuschen einheimische Tiere in Gehegen leben. Bis jetzt habe ich mich jedoch immer geweigert, dorthin zu gehen, ich möchte meinen ersten Elch nicht in Gefangenschaft sehen.

Für heute habe ich meine Suche aufgegeben und laufe

stattdessen durch eine kleine Einkaufsstraße im hippen Stadtteil Södermalm und betrachte die ausnahmslos hübschen Stockholmer. Es wird gerne behauptet, die Menschen in Stockholm sähen alle gleich aus mit ihren schwarzen Röhrenjeans und dunklen Capes, ihren blonden Haaren und wild wuchernden Bärten. Das mag stimmen, aber was ist daran falsch, wenn alle gleich *gut* aussehen?

Ich betrete ein kleines Café. An den Tischen sitzen mehrere junge, schwedische Männer, die aussehen wie Wikinger, groß, mit dunkelblonden Bärten, Holzfällerhemden und Strickmützen. Sie haben Kinderwägen dabei, mit niedlichen blonden Babys, die friedlich zwischen Plüschelchen schlafen. Die Mütter sind nirgendwo zu sehen, vermutlich weil sie gerade Karriere machen.

Einer der Männer lächelt mich freundlich an und fragt, woher ich komme.

»Berlin«, sage ich.

»That's really a nice town«, sagt er in perfektem Englisch. Wieder fällt mir auf, dass Schweden besser und akzentfreier Englisch sprechen als echte Engländer. »I love Berlin.«

»But Stockholm is so much nicer«, sage ich. »And there are even elks in the woods around the city.«

Die schwedischen Männer lachen laut und herzlich und widmen sich dann wieder liebevoll ihren auch schon in diesem Alter extrem gutaussehenden Babys.

Am Abend gehe ich in einen Club. Ich fühle mich etwas deplatziert, weil die Stockholmer alle mindestens einen Kopf größer sind als ich – sogar die Frauen. Dafür legt der DJ ausschließlich Berliner Elektromusik auf. Der Club heißt

11

Strand, ist direkt an einem Fluss gelegen, und im Internet steht: »Great Club! It's like the famous Bar 25 in Berlin.«

Ich gehe zur Theke, die leider sehr hoch ist, weil sie für die riesigen Schweden gebaut ist, und stelle mich auf meine Zehenspitzen, um eins dieser vorzüglichen schwedischen Biere beim freundlich hinter seinem dichten Bart dreinlächelnden Barkeeper zu bestellen.

»We also have Augustiner and Tannenzäpfle. Like in Berlin«, sagt er fröhlich.

»No, no!«, rufe ich, aber der Barkeeper hat mir schon eine Augustiner-Flasche vor die Nase gestellt. Immerhin haben die Stockholmer noch nicht Club Mate entdeckt.

Eine Stunde später stehe ich an den Klos an. Es sind natürlich Unisex-Toiletten.

»You look like a Berliner«, höre ich plötzlich eine Stimme von weit oben. Ich schaue hoch und blicke einem wunderschönen Mädchen in die blauen Augen. Sie trägt wie alle Schwedinnen ein riesiges schwarzes Sackkleid von Acne, in dem jeder andere wie ein Folteropfer aus Guantanamo aussehen würde.

»Äh, yes, I'm really from Berlin«, sage ich.

Sie beugt sich ein wenig nach unten, so dass ich nicht mehr mit ihren Brüsten sprechen muss. »I like your style. It's so real. These ugly trousers and your strange hair.«

Sie lächelt mich noch einmal an und verschwindet in einer Toilettenkabine.

Am nächsten Tag sind es Minus zehn Grad, doch wie immer scheint die Sonne. Ich beschließe, doch nach Skansen zu gehen. Besser ein Elch hinter Gittern, als gar keiner. Der Park liegt malerisch auf einem Hügel, und unzählige schwedische Männer fahren ihre Kinderwägen zwischen den Gehegen und Holzhäuschen spazieren. Ihre Gesichter schimmern im warmen Sonnenlicht ebenmäßig und rein.

Ich werde hierher ziehen, denke ich. Dem hässlichen, kaputten, gemeinen Berlin den Rücken kehren und in Schweden leben. Ich werde mir ein rotes Holzhaus kaufen, malerisch an einem See zwischen Kiefern und Birken gelegen, und jeden Morgen beobachten, wie eine Elchmutter ihr Kleines zur Tränke führt. Ich werde zum Frühstück, Mittag- und Abendessen Fleischbällchen mit Zimtschnecken essen, und während ich mein niedliches blondes Baby in den Schlaf wiege, weil meine ein Meter neunzig große Ehefrau noch nicht von ihrem Job als Vorstandschefin bei einer hippen Modefirma zurück ist, höre ich eine perfekte Platte von Jens Lekman, und mein Leben wird endlich vollkommen sein.

Plötzlich stehe ich vor dem Elchgehege. Doch am Zaun hängt nur ein Hinweisschild: »No elk today.« Ich drehe mich traurig um und stoße fast mit dem netten Vater aus dem Café zusammen.

»Soon I'm a Berliner, too«, sagt er, als er mich erkennt und nimmt einen Schluck aus einer Club-Mate-Flasche. Also doch.

Im Kinderwagen schläft friedlich sein Baby.

»Me and my wife bought this big, very cheap flat in Newkölln.«

»I don't unterstand this. All you Stockholmers have a strange syndrom«, antworte ich. »You live in the perfekt city but everyone wants to move to Berlin. It's grey there, all the people are poor and the dogs shit on the street.«

»Wir können auch deutsch sprechen«, sagt der Vater

plötzlich in perfektem Deutsch. »Vor drei Wochen habe ich einen Intensivkurs gemacht.«

»Berlin ist nicht so, wie ihr Stockholmer denkt«, sage ich aufgebracht. »Deutschland ist ein furchtbares Land. Die Leute da finden Angela Merkel wirklich sympathisch, schauen sich permanent Filme mit Til Schweiger an und hören den ganzen Tag Helene Fischer.«

Der schwedische Vater sieht mich ernst an. »Ihr Deutschen findet Schweden ja auch nur so toll, weil ihr als Kinder im Urlaub mit Campingbussen, auf denen kleine gelbe Elchwarnschilder klebten, hierher gefahren seid. Und dann immer Astrid Lindgren gelesen und mit euren Eltern auf Ikea-Sofas sitzend ABBA gehört habt. Aber das ist auch nicht das wahre Schweden!«

Plötzlich fängt das niedliche Baby im Kinderwagen an zu weinen. Der Vater blickt mich noch einmal nachdenklich an und schiebt dann den Wagen weiter.

Ich setze mich auf eine Bank in die Sonne und schlage mein Lieblingsbuch auf, das ich extra nach Schweden mitgebracht habe: *Wir Kinder aus Bullerbü.*

Zuhause

HOTLINE

Als ich in Berlin-Schönefeld den Flughafen verlasse, rutsche ich sofort auf einem Hundehaufen aus, lese dann im U-Bahn-Fernsehen, dass Helene Fischer neue Verteidigungsministerin wird und betrachte schließlich das riesige Filmposter, das gerade an der Plakatwand vor meinem Haus angebracht wird: »Til Schweiger in der neuen Komödie *Männer können nicht kochen, aber kämpfen in Afghanistan.*«

Ich schließe die Tür auf und lasse mich erschöpft auf mein Ikea-Sofa fallen. In der Wohnung über mir läuft laute Musik und jemand scheint auf und ab zu springen. Die WG im dritten Stock feiert wieder eine Party. Eigentlich mag ich meine Nachbarn über mir, denn es sind allesamt gutaussehende Erasmus-Studentinnen, aber sie feiern ständig Partys. Leider laden sie mich nie ein. Traurig stehe ich mit zwei Gläsern Sekt in der Küche und stoße mit mir selbst an. Dann rufe ich die Polizei, um mich über den Lärm zu beschweren.

Es tutet lange, schließlich meldet sich eine monotone Computerstimme: »Herzlich Willkommen bei der Berliner Polizei. Vielen Dank für Ihren Anruf. Wenn Sie ein Gewaltverbrechen anzeigen wollen, dann drücken Sie bitte die 1.

Wenn Sie Angehöriger des autonomen Schwarzen Blocks sind und gern einzelne Beamte beleidigen möchten, dann drücken Sie die 2.

Wenn Sie sehr dringend Hilfe benötigen, dann empfehlen wir Ihnen unsere Premium-Notrufnummer: 0190-110.

Wenn Sie weitere Informationen zur Arbeit der Berliner Polizei haben möchten, dann drücken Sie die 3. PS: Das hat noch nie jemand gemacht.

Wenn Sie sich darüber beschweren wollen, dass Ihre Nachbarn schon wieder eine laute Party feiern, bei der Sie nicht eingeladen sind, und Sie wenigstens den anderen den Spaß verderben wollen, dann drücken Sie die 4.«

Ich drücke die 4.

»Alle Polizeistreifen sind momentan besetzt oder machen Pause bei Burger King. Bitte üben Sie Selbstjustiz und sorgen mit einer Kettensäge oder einem Schwert für Ruhe und Ordnung. Auf Wiedersehen, Ihre Berliner Polizei.«

Erstaunt sehe ich mein Telefon an. Dann lege ich mich ins Bett und versuche einzuschlafen, aber die Erasmus-Studentinnen singen jetzt laut »Gimme! Gimme! Gimme! A Man After Midnight«, und ich will mir nicht vorstellen, was da gerade über mir abgeht, schließlich ist schon fünf nach zwölf. Traurig lese ich mir selbst eine Gute-Nacht-Geschichte von Astrid Lindgren vor und schlafe endlich ein.

Am nächsten Abend feiert die hippe DJ-WG unter mir eine laute Elektro-Party. Berlin ist echt anstrengend. Mein Schreibtisch wippt im Beat der Techno-Mucke monoton vor sich hin. Wieder bin ich nicht eingeladen und tanze ein wenig allein in meinem Wohnzimmer.

Genervt von dem Lärm verlasse ich schließlich meine Wohnung und stolpere über einen Elektro-DJ-Körper, der bewusstlos im Hauseingang liegt. Ich rufe den Rettungsdienst an.

»Herzlich Willkommen bei der Berliner Notarztzentrale«, sagt eine Computerstimme.

»Wenn Sie sich krank fühlen, drücken Sie bitte die 1 – falls Sie kein Hypochonder sind. Wir hassen Hypochonder!

Wenn Sie gerade im Sterben liegen, drücken Sie die 0 und Sie werden automatisch mit dem Bestattungsunternehmen ›Letzte Träne‹ verbunden.

Wenn es in Ihrem Hausflur aus der alten Leitung verdächtig nach Gas riecht und Ihnen schon ganz schummrig ist, dann rufen Sie schnell die Feuerwehr.

Wenn Sie eine so genannte Partyleiche gefunden haben, die zu viel Drogen oder Alkohol zu sich genommen hat, dann legen Sie jetzt bitte auf! Wir sind in Berlin, was denken Sie denn bitte, wie viele Kinder sich hier jeden Tag ins Koma saufen? Manchmal hilft es auch, dem Bewusstlosen ein Glas Milch in den Rachen zu leeren oder ihn mit einer Kettensäge zu bedrohen. Schönen Tag noch, Ihre Notarztzentrale.«

Ich lege auf und sehe den Typ vor mir auf dem Gehweg an. Seine Augenlider flackern komisch, vielleicht ist er doch noch nicht ganz tot. Ich horche, ob sein Herz noch schlägt. Es schlägt. Sogar genau im Takt der Techno-Mucke, die bis hier draußen auf die Straße dröhnt.

Ich will gerade zurück in die Wohnung, um meine Kettensäge zu holen, da höre ich Schreie hinter mir. Die siebenköpfige Öko-WG aus dem Dachgeschoss steht auf dem Balkon und ruft um Hilfe. Hinter ihnen schlagen Flammen aus dem Fenster, die Räucherstäbchen haben wohl die Batiktücher an den Wänden angezündet.

Ich rufe sofort bei der Feuerwehr an.

»Willkommen bei der Berliner Feuerwehr«, sagt exakt die gleiche Computerstimme wie gerade eben.

»Wenn es in Ihrem Hausflur aus der alten Leitung verdächtig nach Gas riecht und Ihnen schon ganz schummrig ist, dann rufen Sie schnell die Notarztzentrale an.

Wenn Sie zwischen einem Sägewerk und einer Feuerwerkskörperfabrik wohnen und beide brennen lichterloh, dann drücken Sie jetzt die Daumen.

Wenn Sie einfach nur einen Brand melden wollen, dann …«

Die Computerstimme hält inne.

»Hallo?«, rufe ich. »Das ist jetzt wirklich ein Notfall.«

»Moment«, sagt die Computerstimme unsicher. »Wegen eines schweren Ausnahmefehlers kann Ihre Anfrage nicht weiter bearbeitet werden. Ich bin eine Windows-Computerstimme und stürze nun ab.«

Die Verbindung wird unterbrochen. Ich betrachte mein Haus, das gerade unter den Flammen zusammenstürzt, nur einige Ökos können sich mit einem Sprung vom Balkon retten, Batiktücher als Falschschirme benutzend. Die anderen WGs sind leider verbrannt. Geschieht ihnen recht.

Ich rufe bei meiner Freundin an, um sie zu fragen, ob ich vielleicht bei ihr einziehen kann.

»Willkommen bei deiner Freundin«, sagt eine Computerstimme.

»Wenn Sie Ihrer Freundin ein nettes Geschenk machen möchten, dann drücken Sie jetzt bitte die 1.

Wenn Sie ihr mit einem Anruf einfach so eine Freude

machen möchten, weil Sie sie so lieb haben, dann … Ach vergessen Sie es, das würden Sie eh nicht machen, Sie wollen doch was«, sagt die Computerstimme. »Bitte drücken Sie die 2, wenn Sie ein Anliegen haben.«

Ich drücke die 2.

»Bitte nennen Sie nun langsam und deutlich Ihr Anliegen.«

»Kann ich bei dir einziehen?«, rufe ich in den Hörer.

»Ich habe Sie nicht verstanden, bitte wiederholen Sie Ihr Anliegen.«

»ICH MÖCHTE BEI DIR EINZIEHEN!«

»Einen Moment, bitte. Please hold the line. Düdeldü Düdeldü Düdeldü. Der nächste freie Sachbearbeiter ist für Sie reserviert. Düdeldü Düdeldü Düdeldü. Please hold the line. Der nächste freie …«

»Ich füttere auch deine fette Katze«, rufe ich.

»Please hold the line. Düdeldü Düdeldü …«

»Ich mach sogar das Katzenklo sauber.«

»Ihr Anliegen wurde positiv bewertet«, sagt plötzlich die Computerstimme. »Bitte finden Sie sich umgehend an Ihrem neuen Arbeitsplatz ein. Auf Wiederhören.«

Zuhause

TAGE, AN DENEN ETWAS PASSIERT

Jeden Morgen stelle ich mir die existenzielle Frage des freischaffenden Künstlers: »Soll ich aufstehen oder doch lieber liegen bleiben?« Aber heute habe ich das Gefühl, dass etwas passieren wird, und da fällt es mir leicht, die Frage mit einem energiegeladenen »Aufstehen! Jetzt!« zu beantworten. Dann schlafe ich wieder ein.

Ein paar Stunden später stehe ich doch auf und checke erstmal meine Mails. Ich habe eine Mail von GMX bekommen, die mich darüber informiert, dass sich eine Mail in meinem GMX-Spamordner befindet. Für jede Mail in meinem Spamordner bekomme ich eine Mail von GMX. Irgendwer bei GMX muss da einen Denkfehler begangen haben.

Ich gehe in die Küche und begrüße die fette Katze, mit der ich jetzt zusammenwohne. Sie kratzt mich sofort, wahrscheinlich weil sie Hunger hat und meine Freundin sie nicht gefüttert hat, bevor sie zur Arbeit gegangen ist. Ich werfe der Katze ein Stückchen Ritter Sport Joghurt zu, sie fängt es mit ihrer Pfote und verschluckt es ohne zu kauen.

Plötzlich lässt mich ein irrsinnig lautes Geräusch aus dem Hinterhof zusammenfahren. Ich springe zum Küchenfenster und schaue hinaus. Es ist der alte Hausmeister, der mit einem Laubblasegerät das Laub von der einen Seite des Hinterhofs auf die andere Seite des Hinterhofs bläst. Und dann wieder zurück. Ich habe das Gefühl, dass der Hausmeister hier einen Denkfehler begeht.

Ich öffne das Fenster und rufe ihm in einer kurzen Laubblasepause zu: »Mit Ihrem Geblase verteilen Sie die Blätter doch nur anders. Das ist absurd.«

»Ich bin zum Laubblasen angestellt, also blase ich Laub«, sagt der Hausmeister.

»Was meinen Sie, was heute passieren wird?«, frage ich ihn.

Der Hausmeister schaut zu mir hoch. »Ach, früher ist noch mehr passiert, aber heutzutage …« Er stellt wieder das Blasegerät an, und ich gehe nach draußen, zum Späti* gegenüber, um mir die neue Zeitung zu kaufen. Die Headline auf der ersten Seite lautet: »Heute ist der Tag, an dem etwas passiert.«

»Glauben Sie das noch?«, fragt mich der Späti-Verkäufer und blickt mich mit seinen leicht melancholischen Augen an. Er trägt einen großen, buschigen Schnurrbart.

»Natürlich«, antworte ich, »ich hatte heute Morgen gleich so ein gutes Gefühl, dass etwas passieren wird.«

»Das dachte ich früher auch, doch irgendwann wurde ich misstrauisch und begann, das hier zu sammeln.« Er deutet auf einen großen Stapel Zeitungen im Hinterzimmer des Spätis. »Sehen Sie sich mal die Titelseiten an.«

* Abkürzung für Spätkauf. So nennt der Berliner alle Läden, die nachts aufhaben. In anderen Städten heißen Spätis z. B. Kiosk oder Nightshop. Auf dem Land nennt man sie Tankstelle. Ohne die Spätis würde das öffentliche Leben in Berlin völlig zusammenbrechen.

Ich lese die Überschrift der gestrigen Ausgabe: »Heute ist der Tag, an dem etwas passiert.« Das ist ja seltsam, denke ich, und nehme die nächste Zeitung, dieses Mal von vorgestern, aber wieder: »Heute ist der Tag, an dem etwas passiert.« Mit zittrigen Händen blättere ich durch die anderen Zeitungen, doch an jedem Tag steht genau der gleiche Satz auf der Titelseite.

»An den ganzen letzten Tagen ist aber ja gar nichts passiert«, stammle ich. Der Späti-Verkäufer nickt nur und streicht sich langsam seinen Schnurrbart zurecht.

Später sitze ich wieder zuhause auf dem Sofa im Wohnzimmer, die Katze auf dem Schoß, an einem sehr harten Stück Ritter Sport Zartbitter nagend, und lausche dem monotonen Rattern des Laubblasegeräts. Noch immer muss ich an die Zeitungen im Späti denken. Ich war mir doch so sicher, dass heute, nur heute, der Tag sei, an dem etwas passiert. Doch anscheinend ist das alles nicht wahr.

Plötzlich fällt mir etwas ein, ich springe auf, und die fette Katze geht mit einem schlechtgelaunten Miau zu Boden. Ich stürze zu meinem Computer, logge mich bei GMX ein und rufe den Spamordner auf. Nach ein paar Sekunden erscheinen die letzten einhundert Mails auf dem Bildschirm. Sie sind alle vom gleichen Absender:

theallmightygod@heaven.com

Ich klicke auf die letzte Mail:

Dear World-User,

I'm sorry, but nothing will happen, never, not today, not in the future. It's all the same every day. And someday you will die.

There's no sense in life.«

Lol God.

PS: Penis-Enlargement. Sex like in heaven. Click here.

Ich lese noch alle anderen hundert Mails durch, aber in jeder steht genau das Gleiche. Entsetzt drehe ich mich um und sehe dem Späti-Verkäufer in die traurigen Augen – er muss unbemerkt in meine Wohnung eingedrungen sein. Sein Schnurrbart scheint noch größer und buschiger geworden zu sein und fast sein gesamtes Gesicht einzunehmen.

»Was hat das alles zu bedeuten?«, frage ich ihn.

»Ich bin gar kein Späti-Verkäufer«, sagt er, »sondern der große Philosoph Friedrich Nietzsche. Und leider, mein Sohn, stimmt alles, was in den Mails steht. Das ist die ewige Wiederkehr des Gleichen. Doch nur die wirklich Wissensbegierigen finden das heraus, der breiten Masse können wir diese Erkenntnis nicht zumuten, deswegen landet die Mail bei allen immer im Spamverdachtsordner.«

»Und was mache ich jetzt?«, frage ich und setze mich resigniert aufs Sofa.

Der Späti-Nietzsche streicht sich nachdenklich den riesigen Schnurrbart zurecht. »Wenn du dir morgen wieder die Frage stellst: Aufstehen oder liegen bleiben? Bleib liegen.«

New York
OH, IT'S SO GREAT

Ich bin dann doch aufgestanden. Ausnahmsweise sogar sehr früh, aber ich hatte auch schon vor Wochen das Ticket gekauft. Vielleicht passiert ja auf der anderen Seite der Welt etwas, denke ich, als ich schläfrig das Flugzeug besteige. Acht Stunden später sehe ich, klein wie Spielzeug, die Hochhäuser Manhattans unter mir und kann kaum glauben, dass diese unwahrscheinliche Stadt wirklich existiert und genauso aussieht, wie ich es mir vorgestellt habe. Man hätte auch vermuten können, die unzähligen Filme, Romane und Lieder seien nur Teil einer perfekten Inszenierung, einer Stadt-Simulation. Eine Stadt wie New York kann es doch gar nicht geben, denkt man; doch dann senkt sich das Flugzeug im Landeanflug auf den John F. Kennedy Airport, und man sieht es mit eigenen Augen: die Hochhäuser, die Straßenschluchten, den Central Park, die Freiheitsstatue – es ist alles da.

Auch die ganzen anderen Vorurteile, die man von dieser Stadt, den USA im allgemeinen, hat, scheinen zu stimmen, merke ich während der ersten Tage: Die Amerikaner sind oft sehr fett, aber genauso oft sehr dürr, es gibt offensiveren Reichtum und offensichtlichere Armut als in Mitteleuropa, alles ist maßlos, doch immer um Maß bemüht, die Cops tragen riesige Pumpguns umher, obwohl New York inzwischen so sicher ist wie München-Unterhaching – und vor allem: Alle sind wahnsinnig freundlich.

Der New Yorker gilt ja im Vergleich zum Wald-und-Wiesen-Ami als ziemlich arrogant, das kann ich jedoch nicht bestätigen. Wie nett sind dann erst die anderen Amerikaner, wenn der supernette New Yorker arrogant sein soll? Wahrscheinlich würden sie auch noch den Einbrecher, nachdem dieser ihre ganze Wohnung ausgeräumt hat, mit den aufmunternden Worten »Have a nice day, hopefully we can stay in touch« in die laue Sommernacht verabschieden.

Wenn man ihre tollen Produkte in einem ihrer tollen Shops erwerben möchte, sind die Amerikaner natürlich besonders nett: Schon am Eingang des Urban Outfitters an der 5th Avenue erwartet mich eine Verkäuferin, die mich überaus freundlich anlächelt und mit extrem hoher Stimme flötet: »Oh, I love your bag.« Ich schaue die Rewe-Plastiktüte in meiner Hand an.

»Oh, thanks«, sage ich. Mehr fällt mir nicht ein. Immerhin habe ich schon intuitiv verstanden, dass man vor jeden Satz ein »Oh« setzen muss.

Damit ich lerne, wie die richtige Antwort lautet, belausche ich ein Gespräch zwischen der Verkäuferin und einer anderen Kundin:

»Oh, I love your bag«, sagt die Verkäuferin wieder. Die Kundin hat gar keine Tasche.

»Oh, your haircut is so great«, sagt die Kundin. Die Verkäuferin hat gar keine Frisur.

»Oh, my dog died yesterday. It's like, sooo sad«, sagt die Verkäuferin unvermittelt. Dann zahlt die Kundin und geht ohne ein weiteres Wort aus dem Laden. Jetzt habe ich es verstanden: Es ist vollkommen egal, was man sagt, Hauptsache man sagt irgendwas – und schon hat man einen Seelenverwandten gefunden.

Später am Tag stehe ich an der Supermarkt-Kasse und die Kassiererin scannt gerade meine Einkäufe, bestehend aus zwölf Milky-Way-Riegeln, vier Dreiliterflaschen Dr Pepper-Cola und einem Zehnliterkanister Milch mit null Prozent Fett, ein. Ich lächle sie gewinnend an und sage: »Oh, I love your bag.«

Sofort ist sie begeistert. »Oh, your shoes are so great«, ruft sie enthusiastisch. »I love them.«

»Oh, my fat cat eats more chocolate than me«, sage ich zur Kassiererin. Ihr Gesicht verzieht sich zum breitesten Lächeln, das ich je gesehen habe. Ob die Amerikaner auch allein zuhause immer lächeln? Es könnte ja unangemeldet Besuch vorbeikommen oder Gott gerade in ihr Wohnzimmer schauen.

»Oh, I'm from Berlin«, sage ich noch schnell. Gleich zerspringt ihr Mund, ich frage mich, wie man mit so einem Grinsen überhaupt noch sprechen kann, aber sie antwortet: »Oh, Berlin, I can't believe it, I love Berlin. I haven't been there, but I love it. Everyone is an artist in Berlin.« Sie zwinkert mir mit ihren großen Augen zu. »And I love artists.«

»Oh, what a surprise«, sage ich, »I'm an artist, too.« Ich hätte ein paar Exemplare meines ersten Buchs nach New York mitnehmen sollen.

Schließlich hat sie weiter verheißungsvoll lächelnd all meine Produkte eingescannt und gleich noch in mehrere Lagen Plastiktüten eingepackt. Vielleicht könnten wir sofort hinter der Kühltheke Sex haben, nachdem wir jetzt so vertraut sind? Und dann gemeinsam in einen Trailerpark ziehen, acht Kinder kriegen, Pumpguns kaufen, Islamisten in Afghanistan jagen und für immer zusammenbleiben. Der ganz normale amerikanische Traum eben.

»Oh, your shoes are great«, sagt die Kassiererin dann aber. Anscheinend sind ihr die Floskeln ausgegangen. Ich nehme traurig meine Einkäufe und verlasse schnell den Supermarkt.

Am Abend sitze ich im Bryant Park mitten in New York, die Hochhäuser leuchten hell am Himmel, und trinke ein Bier aus einer braunen Papiertüte. Also, natürlich nicht direkt aus der Tüte, sondern die Flasche steckt darin. In den USA ist es nämlich verboten, in der Öffentlichkeit Alkohol zu trinken, weil die Amerikaner psychisch und physisch den Anblick von Alkohol nicht ertragen können.

Direkt hinter mir steht eine gigantische Plakatwand mit Budweiser-Werbung.

Auf einmal kommt ein riesiger Cop auf mich zu. Er sieht eigentlich ganz sympathisch aus, ein wenig erinnert er mich an den jungen George W. Bush – allerdings hält er eine Pumpgun in den Händen.

»You can't do this«, sagt er und deutet mit der Waffe auf die braune Papiertüte mit dem Bier. »It's not allowed in parks.«

»Oh, I love your shoes«, sage ich zu dem Polizisten.

Er schaut mich sprachlos an. Das habe ich bis jetzt noch nicht gesehen: einen sprachlosen Amerikaner.

»Oh, your bag is great«, sage ich schnell. »Where can you get them?«

Immer noch Schweigen. Er nimmt seinen Schlagstock aus seinem Halfter und schaut mich so finster an, dass ich es sogar durch seine verspiegelte Sonnenbrille erkennen kann.

»Oh, you really have a big stick«, sage ich. »And this nice blue hat and your muscles«, ich deute auf seine starken Oberarme. »They are great. Maybe I can touch them?«

Ich strecke meine Hand aus, aber der Polizist nimmt sie in seine riesigen Hände, dreht dann meine Arme auf den Rücken und schlägt mich mit seinem Schlagstock nieder. Bevor ich bewusstlos werde, murmle ich noch: »Oh, you're so strong.«

Zuhause
VÄTERWITZE

Als ich wieder zurück in Berlin bin, kommen mich meine Eltern besuchen. Wir spielen jeden Abend in ihrem Hotelzimmer Rommé. Ich hasse Rommé. Aber so fragen sie nicht die ganze Zeit, was man als freischaffender Künstler bitte den ganzen Tag zu tun habe und ob ich nicht mal etwas früher aufstehen wolle, um mir einen richtigen Job zu suchen, statt die ganze Zeit in der Weltgeschichte rumzureisen.

»Ich geh dann mal raus«, sage ich und lege meine Karten auf den Tisch.

Mein Vater sagt: »Draußen ist aber kalt.«

Er muss unkontrolliert lachen. Meine Mutter und ich verdrehen die Augen. Mein Vater ist der König des Väterwitzes. Bis jetzt existiert allerdings noch keine allgemeingültige Definition des Väterwitzes, so können auch Menschen, die keine Väter sind, Väterwitze erzählen. Angela Merkel zum Beispiel. Klar ist nur, dass man den Väterwitz sofort intuitiv erkennt, wenn er gemacht wird. Zudem ist wichtig, den Witz ständig zu wiederholen, bei jeder passenden oder unpassenden Gelegenheit. Wenn man professionell Väterwitze erzählt, nennt man das politisches Kabarett.

Jetzt ist meine Mutter an der Reihe, sie legt die Karten auf den Tisch und sagt: »Ich geh auch mal raus.«

»Nimm den Schirm mit, draußen regnet's«, sagt mein Vater.

Zwei Tage später, meine Eltern sind wieder zurück in meine Heimatstadt Freiburg gefahren, sehe ich mir mit meinem guten Freund, dem bekannten Charakterschauspieler Vin Diesel*, den Film *Django Unchained* von Quentin Tarantino an. Vin gefällt der Film allerdings nicht so gut.

»Also, ich fand der war etwas schwarz-weiß«, sagt er, als wir den Kinosaal verlassen.

»Du erinnerst mich immer mehr an meinen Vater«, sage ich. »Das war total der Väterwitz.«

»Das sollte gar kein Witz sein«, sagt Vin und blickt mich eindringlich mit seinen freundlichen dunkelbraunen Augen an.

»Sag jetzt nichts, Vin«, sage ich.

»Nichts«, sagt Vin.

»Schon wieder ein Väterwitz«, rufe ich.

»Ich bin ja auch Vater«, sagt Vin. »Aber du, mein lieber Sebastian, machst auch die ganze Zeit Väterwitze, obwohl du noch gar keine Kinder hast. Vielleicht liegt das daran, dass du bald dreißig wirst. Gestern wolltest du mich zum Beispiel überzeugen, einen Energy-Drink mit Extra-Koffein rauszubringen und ihn Vin Dose XP zu nennen.«

»Das ist doch total lustig«, sage ich. »Du könntest auch einen Dildo anbieten und ihn Vin Dick nennen.«

* Vin Diesel wohnt übrigens in Charlottenburg und freut sich immer über Besuch.

»Komm, lass mal raus gehen«, sagt Vin genervt.

»Draußen ist aber windig«, sage ich.

Es wird immer schlimmer, denke ich, als ich nach Hause komme und die fette Katze füttere. Meine Freunde machen Väterwitze, weil sie tatsächlich schon Väter sind, treffen sich ständig zu Spieleabenden, und in Berlin passiert auch schon lange nichts Neues mehr – obwohl alle hierher wollen. Und in letzter Zeit fallen mir auch seltsame Dinge an mir selbst auf. Ich glaube fast, ich werde älter. Das scheint eine neue Entwicklung zu sein, früher war das noch nicht so. Um zu überprüfen, wie schlimm es tatsächlich schon ist, erstelle ich eine Liste mit den Top 10 der Dinge, die meine Eltern machen und ich inzwischen auch:

1. Satiregipfel und Anne Will auf meinem neuen Lieblingsfernsehsender ARD anschauen.

2. Sonderangebote im Supermarkt vergleichen. Kürzlich habe ich sogar fünf Geramont Légère Joghurt gekauft, nur weil der gerade zwanzig Cent billiger war. Mein Tag war gerettet, ich hatte einen Euro verdient. Einen Euro mehr als sonst. Also einen Euro eben. Dabei mag ich Geramont Légère Joghurt gar nicht.

3. Punkte sammeln. Nicht weil ich das Messer-Set »Scharfe Klinge« haben möchte, sondern einfach so, weil das dem Leben Struktur gibt. Punkte kann man zählen, Punkte sind gut.

4. Den Wetterbericht anschauen. Dreimal am Tag. Für alle Länder. Und dann Freunde in anderen Städten anrufen und fragen: »Regnet's bei Euch auch?«
»Nein, wir sind gerade im Urlaub in der Sahara.«

»Verlauft Euch nicht. Haha.«

5. Geschirr vorspülen, bevor ich es in die Geschirrspül-
   maschine stelle.
6. Auf die Frage, was es zu essen gibt, antworten: »Reis
   mit Scheiß.«
7. Karo-Holzfällerhemden tragen. Mein Vater trägt seit
   seinem zehnten Lebensjahr nichts anderes.
8. Wenn jemand einen Witz gemacht hat, fragen: »Heute
   morgen mit Peter Lustig geduscht?« Oder noch besser:
   »Einen Clown gefrühstückt?«
9. Die Polizei rufen, wenn die Nachbarn mal wieder eine
   Party feiern.
10. Witze erklären: »Weißte, weil rausgehen ja einerseits
    ›raus‹, also draußen, bedeutet, aber auch beim Rom-
    mé, wenn man die Karten auf den Tisch legt …«

Eine Woche später lädt mich Vin zu sich nach Charlotten-
burg ein, und wir sehen uns *The Artist* auf DVD an. Vin
steht auf Stummfilme, er findet Dialoge in Filmen nämlich
überbewertet. Ein Konzept, das er auch bei seinen eigenen
Filmen verfolgt.

»Also, ich fand den Film etwas schwarz-weiß«, sage ich
nach dem Film zu Vin und muss unkontrolliert lachen. Vin
schaut mich genervt an.

»Ich habe jetzt beschlossen, dass es schon okay ist, so zu
werden wie die eigenen Eltern«, sage ich und streiche über
mein Holzfällerhemd.

»Sebastian, ich habe dir das nie erzählt, aber ich glaube,
jetzt ist der richtige Zeitpunkt: Ich bin dein Vater.«

»Was? Ich heiße eigentlich Sebastian Diesel? Und bekomme mit fünfunddreißig schon eine Glatze?«

»Gerade hast du gesagt, es wäre okay, wie die eigenen Eltern zu sein.«

»Ja, aber nicht wenn du mein Vater bist. Das ist ja so wie wenn Darth Vader dein Vater ist«, sage ich.

»Mein Vater ist Darth Vader«, sagt Vin.

»Heute Morgen mit Peter Lustig geduscht?«

Zuhause

DIE FETTE KATZE

Langsam geht die Sonne blutrot am Horizont vor meinem Fenster unter. Die fette Katze betritt zögerlich mein Zimmer und tötet mit einem gezielten, blitzschnellen Schlag eine kleine Spinne an meinem Bücherregal.

Für einen Moment ist es totenstill, und wir blicken uns in die Augen. Ein runder Katzenhaarballen weht einsam über die Dielen. Schließlich springt die Katze für ihr Gewicht erstaunlich leichtfüßig neben mich auf den Schreibtisch, wirft meine Leselampe um, einfach nur, weil sie es kann, und beginnt laut zu würgen. Sie schaut mir noch einmal tief in die Augen und kotzt dann von meinem Schreibtisch aus auf den Boden.

Die fette Katze kotzt gern und viel, habe ich mittlerweile beobachtet. Besonders gern kotzt sie von wo herunter.

»Vielleicht hat sie Bulimie«, sage ich zu meiner Freundin, die mit einem Lappen in der Hand mein Zimmer betritt.

»Es ist völlig normal, dass Katzen kotzen«, sagt meine Freundin und reicht mir den Lappen, damit ich die Kotze aufwische, das fällt leider auch in meinen Aufgabenbe-

reich. »Das kommt davon, dass sie so viele Haare schlucken, wenn sie sich putzen.«

»Vielleicht kommt das Kotzen aber auch davon, dass die
Katze über den Tag hinweg eine nicht genau nachprüfbare
Menge auf dem Wohnzimmertisch vergessener Erdnuss-
flips, den Käserest vom Frühstück, eine halbe Banane, etwas
abgelaufenen Dosenthunfisch, mindestens fünf, ausschließlich rote, Gummibärchen, zwei bis vier Tomate-Ri-
cotta-Tortellini mit Tomatensauce gegessen und dazu etwas
Bionade Orange-Ingwer getrunken hat«, gebe ich zu bedenken.

»Tiere wissen genau, was sie essen dürfen und was sie
nicht vertragen«, sagt meine Freundin unbeirrt und wirft
der Katze eine halbe Yogurette zu, die sie nach kurzem,
aber unerbittlichem Kampf sofort erlegt und verspeist.
Dann verlässt sie zufrieden mein Zimmer.

Die Erklärung meiner Freundin erinnert mich an ein
dunkles Kapitel meiner Kindheit, in dem ein Hamster und
eine Tafel Ritter Sport Olympia eine wichtige Rolle spielten. Schnell verdränge ich den Gedanken.

»Wir könnten die Katze auch einfach die Kotze nennen«,
schlage ich vor und muss unkontrolliert lachen.

Meine Freundin blickt mich ähnlich genervt an wie die
Katze und verlässt ebenfalls den Raum.

Die Sonne ist jetzt fast ganz untergegangen, und im
Zwielicht der Abenddämmerung schleicht auf leisen Pfo-
ten die fette Katze zurück in mein Zimmer. Ihr giganti-
scher Bauch schleift beim Gehen auf dem Boden.

»Trotz deiner Bulimie wirst du immer fetter«, sage ich zu
ihr, aber sie ignoriert mich, springt wieder auf den Schreibtisch und setzt sich auf meinen Laptop. Das passt farblich

ganz gut, denn sie ist auch weiß. Vielleicht denkt sie, mein MacBook ist eine artverwandte, sehr platte Katze. Während sie auf meinem Laptop liegt, schreibt sie oft geheime Botschaften in Word. »Jhsdfsdjkfsd87777777799999hjkfsdkjfsdkjkhj« zum Beispiel. Oder: »krfizttzdkkkkkkrffff__:;tttttttt ssssssffö«. Stundenlang habe ich schon versucht, ein System in ihren Notizen zu erkennen – leider ohne Erfolg. Einmal hat sie sogar die Festplatte in K. umbenannt. Vielleicht hatte Franz Kafka ja auch eine Katze.

Ich kraule das Fett der Katze ein wenig und sie beginnt zu schnurren. Vielleicht ist es aber auch nur die Lüftung des Laptops.

»Immerhin kannst du dein unvorteilhaftes Äußeres mit Intelligenz kompensieren«, sage ich wohlwollend, aber sie ignoriert mich.

Natürlich hält jeder sein eigenes Haustier für besonders schlau, selbst der passionierte Goldfischbesitzer unter meinen Freunden steht manchmal vor seinem Aquarium und zeigt auf einen der Fische: »Schau mal, der Günther (so heißt anscheinend der kleine Guppy, der bewegungslos an der Wasseroberfläche treibt) ist wirklich sehr schlau, er kann sogar Rückenschwimmen.« Aber die fette Katze ist tatsächlich intelligent. Neben ihren IT-Kenntnissen beherrscht sie auch die Programmauswahl der Fernbedienung und kann ein Smartphone besser bedienen als mein Vater. Allerdings hält sie meinen Drucker, wenn er Papier ausspuckt, für ein Lebewesen, das man unerbittlich bekämpfen muss. Eigentlich auch so ähnlich wie mein Vater.

Die Katze steht wieder von meinem Laptop auf, macht einen Buckel und streckt sich ausgiebig.

»Machst du Yoga?«, frage ich sie, aber sie schaut mich genervt an.

Ihre ausgefeilte Mimik ist wirklich beeindruckend. Sie kann neben genervt auch arrogant, schlecht gelaunt und hasserfüllt gucken. Meistens sitzt sie aber auf dem Ohrensessel im Wohnzimmer und blickt nachdenklich auf die leere, weiße Wand ihr gegenüber. Und da sie wie viele weiße Katzen eine Art schwarzen Schnurrbart trägt, sieht sie ein wenig aus wie Friedrich Nietzsche*. Meine Freundin hat schon mehrmals angedeutet, dass sie die Katze für einen tiefgründigeren Charakter hält als mich.

Schließlich beendet sie ihr Katzen-Yoga, setzt sich direkt vor mich und funkelt mich arrogant mit ihren grünen Augen an. Inzwischen ist es dunkel geworden, der Mond leuchtet am sternenklaren Nachthimmel. Irgendwo spielt eine leise Mundharmonika-Melodie.

»Vielleicht sollte ich eine Geschichte über dich schreiben«, sage ich. »Bücher mit Tieren kommen ja immer gut. Schade, dass du nicht sprechen kannst.«

Sie schaut mich schlecht gelaunt an.

»Ein Bestseller über eine kapitalistische, fette Katze, na, wie findest du das?«

Sie schaut mich hasserfüllt an. Dann bewegt sie sich langsam zurück zum Laptop und legt sich wieder auf die Tastatur. Als sie ein paar Minuten später aufsteht und mein Zimmer verlässt, lese ich, was auf dem Bildschirm steht: »Halt's Maul krschhkhkdjasdljaslkjhgjh.«

Aus der Küche höre ich leise Würggeräusche.

* Eine Nietzschekatze sozusagen.

DAS NICHTS

Ich hatte beschlossen, meinen dreißigsten Geburtstag allein auf Island zu verbringen. Ich wollte an diesem Tag ins Nichts schauen. Und Nichts gibt es auf Island ziemlich viel. Aber meine kühnsten Erwartungen wurden noch übertroffen. Island sieht tatsächlich so aus wie ein stillgelegter Braunkohletagebau in Sachsen-Anhalt, der vor einen grauen Nebelhorizont montiert wurde.

An besagtem Tag verlasse ich mein Ferienhaus, das an einem riesigen, dunkelblau schimmernden See liegt, inmitten von trostlosen steinigen Hügeln, auf denen einsam ein paar Birken stehen, die mich allerdings kaum überragen. Auf Island gibt es so gut wie keine Bäume. Und wenn es welche gibt, dann sind sie ebenso kleinwüchsig wie ich.

Ich werde sofort klatschnass. Es regnet. Es regnet ziemlich viel auf Island. Eigentlich hat es, seit ich angekommen bin, jeden Tag geregnet. Außerdem windet es stark, und es sind fünf Grad. Habe ich schon erwähnt, dass ich im Juli Geburtstag habe? Im Vergleich zum isländischen Sommer fühlt sich der Berliner Winter wie ein mildes Maiwochenende an.

Vielleicht ist es einfach besser, diese Geschichte zu erzählen, als sie in Wirklichkeit zu erleben: »Hey, wenn ich dreißig werde, fahre ich allein nach Island, schaue ins Nichts und werde mir der Bedeutungslosigkeit des Lebens so richtig bewusst.«

Ich habe ein Auto gemietet. Einen Toyota Yaris in Gold. Es gibt viele goldene Toyota Yarisse auf Island. Die Autovermietungsfirmen müssen da einen Mengenrabatt bekommen haben, weil sonst niemand so ein hässliches Auto kaufen möchte. Und in allen Yarissen sitzen deutsche Touristen, von oben bis unten in Jack Wolfskin gekleidet, und fahren von einem Wasserfall zum nächsten, bestaunen riesige Vulkane, die hinter dichten Wolken manchmal zu erahnen sind, oder lassen sich von nach faulen Eiern riechenden Geysiren besprühen. Das Wasser auf Island stinkt grundsätzlich nach faulen Eiern, das liegt am Schwefel, habe ich im Reiseführer gelesen. Ich bin schnell dazu übergegangen, meine Zähne mit Evian aus der Flasche zu putzen.

Ich steige in meinen Yaris und mache mich auf die Suche nach einer heißen Quelle. Vorne auf dem Reiseführer ist ein Foto abgebildet, auf dem man mehrere gutaussehende, durchtrainierte junge Menschen beim Baden in einer heißen Quelle aus grauem Stein vor imposanter Berg- und Meereskulisse sieht. Sie trinken Champagner und lachen. Ihre Zähne schimmern weiß wie die Gletscher am Horizont. Genauso habe ich mir meinen dreißigsten Geburtstag vorgestellt – also schon ein bisschen mehr als Nichts.

Schließlich entdecke ich ein Schild, das für eine heiße Quelle wirbt. Sie liegt direkt neben einem Wasserkraftwerk und sieht aus wie ein runtergekommenes Schwimmbad aus den fünfziger Jahren. Das Becken muss früher mal pastellblau gewesen sein, hat inzwischen jedoch einen starken gelblichen Einschlag – wahrscheinlich ebenfalls wegen des Schwefels. Im Reiseführer stand, dass Schwefel total gesund sei und gut für die Haut.

In der Umkleide stinkt es allerdings nicht nach Schwefel, sondern nach Katzenklo. Ich muss an die fette Katze in Berlin denken, die jetzt wahrscheinlich gerade geheime Botschaften auf meinem Laptop hinterlässt.

In den Duschen von Schwimmbädern behalte ich grundsätzlich meine Badeshorts an, ein letzter Überrest meiner katholischen Erziehung. Im Duschraum steht aber ein dicker, sehr behaarter und natürlich nackter Mann. Er ist noch kleiner als die isländischen Bäume und von oben bis unten mit weißem Seifenschaum bedeckt. Er lächelt mich freundlich an.

Im Reiseführer stand auch, dass es auf Island als extrem unhöflich gilt, sich vor dem gemeinsamen Baden nicht komplett nackt einzuseifen und sauber zu schrubben. Ich ziehe also meine Badeshorts aus und nehme eine Handvoll gelblicher Seife aus dem Spender.

»Are you here for holidays and watching some elks?«, fragt der Mann nach einer Weile.

Woran hat er erkannt, dass ich Tourist bin? Ich bin nackt.

»I've read in my travelguide that there are unfortunately no elks in Iceland.«

»What are you doing then?«, fragt der dicke Mann und beginnt mit einem flauschigen, gelben Schwamm, zwischen seinen Beinen zu schrubben. Ich fühle mich ohnmächtig.

»I'm celebrating my thirtieth birthday«, sage ich, als er fertig geschrubbt hat.

»And that's why you want to look into the nothing?«

»You know that?«, frage ich erstaunt.

Der dicke Mann lacht laut auf. Sein ganzer Körper wackelt dabei, und Schaum spritzt mir ins Auge. Als er sich wieder beruhigt hat, sagt er: »That's not the reason why you're here, you just like telling this story. It's the opposite: You think that now's the time to find something special. The meaning of life, if you want to call it that. But like elks in Iceland, such things are hard to find.«

Ich schaue den dicken Mann erstaunt an.

»Have some fun instead«, sagt er. »Iceland is a good country to celebrate your birthday. It's really nice, when the sun is shining.«

Jetzt lache ich. »But the sun is never shining.«

»Now it's shining.« Der dicke Mann zeigt aus dem Fenster auf das Schwimmbecken und die Berge dahinter. Und tatsächlich scheint die Sonne. Ich trete durch die Tür ins Freie und stehe im hellen Sonnenlicht, zum ersten Mal seit einer Woche. Zwei isländische Kinder planschen fröhlich im Becken, halten aber sofort erschrocken inne, als sie mich sehen. Mir fällt ein, dass ich immer noch nackt bin, und ich stolpere wieder zurück zu dem dicken Mann in den Duschraum, doch er ist verschwunden. Auch in der Umkleidekabine fehlt jede Spur von ihm, auf der schmalen Holzbank liegen nur meine Kleider. So schnell kann er sich doch unmöglich angezogen haben.

Im Reiseführer stand, dass die Isländer noch an Feen und Trolle glauben, und dass diese Sagengestalten immer wieder in der Menschenwelt auftauchen würden.

Vielleicht war der dicke Mann eine Fee.

Ich gehe wieder nach draußen und springe in die heiße Quelle. Das Wasser ist nicht mal lauwarm.

Zuhause

DIE TIERE
SIND UNRUHIG *

Eigentlich hat sich gar nichts verändert, seit ich ein Jahr älter aus Island zurückgekommen bin. Ich hänge immer noch zuhause rum und warte, dass etwas passiert. Immerhin ist es in Berlin sommerlich heiß. Ich sitze bewegungslos auf dem Balkon, um nicht noch mehr zu schwitzen, und beobachte den stillen Parkplatz unter mir.

Ein Mann in einer abgewetzten Lederweste kommt um die Ecke, er redet mit jemandem, den ich noch nicht sehe: »Immer ist es das Gleiche mit dir, nie sagst du mir, wenn du stehen bleibst.«

Ein paar Sekunden später trottet eine große Dogge um die Ecke.

Hinter den Dächern baut sich eine gewaltige, dunkle Wolkenwand auf, und die schwüle Hitze steigert sich ins Unerträgliche. Die fette Katze wird unruhig, wie immer, wenn ein Gewitter naht, tigert auf dem Balkon umher, die nervösen Vögel in der Luft nicht aus dem Blick lassend.

Ich denke an ein Gedicht von Rolf Dieter Brinkmann:

* Den Titel der Geschichte habe ich von der Band Kante geklaut, die ihn allerdings ihrerseits von Rolf Dieter Brinkmann, deswegen ist das okay.

»Ich lebe gern und schaue mir an, wie sie alle leben. Das ist ganz leicht.«

Ein junger Vater mit Ray-Ban-Sonnenbrille, der ein kleines Kind an der Hand hinter sich her über den Parkplatz zerrt, erscheint auf der Bildfläche. Das Kind weint. Der Vater beugt sich fürsorglich zu dem kleinen Jungen hinunter und sagt: »Duziduzidudu.« Dazu wedelt er mit einem Plüschhasen vor der Nase des Kindes herum. Der Junge weint weiter, dann sagt er laut: »Papa. Ich hasse dich.«

Der Vater blickt erschrocken auf. Dabei sieht er mich, wie ich auf dem Balkon sitze und ihn und sein intelligentes Kind beobachte. Ich winke ihm zu.

Wind kommt auf. Die Sonne feuert noch einmal gleißendes Licht auf mich herab, dann zieht sie sich hinter die Wolkenwand zurück. Eine Rewe-Tüte weht einsam über den großen Parkplatz. Es wird nicht mehr lange dauern.

Kein Wunder, dass das Kind seinen Vater hasst, denke ich, als ich beobachte, wie er seinen Sohn auf den Rücksitz eines blauen Familien-Vans verfrachtet, schließlich redet er nur dummes Zeug. In Wahrheit ist es nämlich so, dass Kinder schon von Geburt an über ein ausgeprägtes Sprachvermögen und einen perfekten Wortschatz verfügen, doch weil sie ihre blöden Eltern nicht verschrecken wollen, ordnen sie sich der Duziduzi-Sprache unter. Man stelle sich vor, ein Kind antwortet auf die Frage seiner Mama, ob es noch ein bisschen Breii, Breii möchte: »Gerne, Mutter, aber könntest du ein wenig Parmesan darüber reiben, ich finde das geschmacklich sehr passend.« Wenn Kinder unter sich sind, wie zum Beispiel im Sandkasten auf dem Spielplatz, kommunizieren sie natürlich ganz normal:

»Friedrich-Jon, kannst du mir mal eben bitte den Bagger

herüberreichen«, sagt zum Beispiel Lisa-Marie-Ottilie, »ich möchte meinen Burggraben etwas vertiefen.«

»Natürlich, liebe Lisa-Marie-Ottilie«, antwortet Friedrich-Jon, »ich lege dir besonders die automatische Schaufel-Funktion des Baggers ans Herz, damit kannst du sowohl Zeit, als auch Kosten sparen.«

Dann kommen die Eltern dazu und sagen: »Na, dududu, kleine Lisalein, duziduzi, du machst aber schön schön Schaufel Schaufel, duzi.«

Lisa-Marie-Ottilie wirft Friedrich-Jon einen genervten Blick zu, fügt sich in ihr Schicksal und sagt lustlos zu ihren Eltern: »Bagger, Bagger, duzidu.«

Der Ray-Ban-Vater hat es endlich geschafft, seinen schlechtgelaunten Sohn ordnungsgemäß im Auto unterzubringen, und fährt davon.

Die monströse Wolkenwand ist jetzt direkt über mir. Seltsam dunkel ist es geworden. Der Wind fegt in starken Böen über den Parkplatz, und im Treppenhaus knallen die Türen. Die Katze hat sich ins Innere der Wohnung zurückgezogen, ich höre leise Würggeräusche, immerhin hat sie nicht vom Balkon runtergekotzt. Ein einzelner Regentropfen auf den heißen Fliesen des Balkons. Ich bilde mir ein, dass es leise zischt. Es wird nicht mehr lange dauern.

»Eine Sonne schlägt rein und setzt die alte Kulisse in Brand«, heißt es in dem Gedicht von Brinkmann auch. Wäre das nicht manchmal schön, wenn das alte Leben einfach so abbrennt?

Vorne auf dem Parkplatz stehen die Nutten in neongelben Miniröcken auf riesigen High Heels. Da ist der Strich. Mitten in der Stadt, aber das war schon immer so – kann man in *Die Kinder vom Bahnhof Zoo* nachlesen. Nur die Jungs standen am Zoo, die Frauen frequentierten schon damals diesen Parkplatz, direkt hinter der Wohnung. Im Gebüsch am Rand geht's im Halb-Stunden-Takt zur Sache, nervöse Männer mit Ferngläsern um den Hals kreisen in immer kleiner werdenden Ellipsen um die, die gerade zugange sind. Was die hier wohl für meinen erstklassigen Ausblick zahlen würden?

Ein alter Mann mit einem Gehwägelchen betritt unendlich langsam die Szene – wie jeden Tag um Punkt fünfzehn Uhr. Das Altenheim ist nur eine Straße weiter, hinter dem Hochhaus von Möbel Hübner. Er bleibt kurz stehen, direkt unter meinem Balkon, und blickt nach oben, nicht zu mir, sondern auf die dunkelviolette Wolkenwand am Himmel. Eine der High-Heels-Damen kommt auf ihn zu.

»Ficken? Blasen? Runterholen?«, fragt sie gelangweilt.

»Schon wieder?«, sagt der alte Mann zu ihr. »Ich komm gerade vom Tanztee.«

Sie sieht ihn erschrocken an, doch der Mann hat sich schon wieder in Bewegung gesetzt und rollt davon.

Hundegebell dringt zu mir, die Vögel sind jetzt still. Der Wind wird immer stärker, die Nutten können sich kaum noch auf ihren gigantischen High Heels halten. Es wird nicht mehr lange dauern.

Zwei kleine Kinder mit bunten Scout-Rucksäcken, genauso groß wie die Kinder selbst, wanken wie schwer beladene Ameisen über den Parkplatz, allein, ohne Eltern. Das eine Kind deutet auf die dunklen Wolken: »Sieh an, mein holder Freund, bald wird es ein schlimmes Gewitter geben.«

»Das meine ich auch, mein lieber Kumpan«, antwortet das zweite. Sie gehen schnell weiter. Bald werden sie ihre angeborene Kindersprache verlieren, wenn sie zum ersten Mal Hip Hop hören und sich fortan nur noch mit »Ey, Bitch, voll krass, Opfer« ansprechen.

Die fette Katze kommt wieder auf den Balkon geschlichen, setzt sich auf meinen Schoß, und ich füttere sie mit einem Stückchen Ritter Sport Traube Nuss.

»Duzidu, meine kleine Muschi«, flüstere ich ihr ins Ohr. Sie versetzt mir einen Schlag mit ihrer Pfote.

Auf einmal ist es windstill. Die Hitze am Siedepunkt. Die Stadtgeräusche verstummen. Alles bewegungslos. Der Parkplatz vollkommen leer und ruhig.

Dann bricht es los.

Zuhause

IMMER UND ÜBERALL

Am nächsten Tag scheint die Sonne wieder, und ich sitze im Park auf einer Bank und denke. Denken ist ja eine sehr unterschätzte Tätigkeit. Das Gute am Denken ist unter anderem, dass man es immer und überall machen kann, man braucht nicht einmal ein internetfähiges Smartphone dafür. Gerade jetzt, hier auf der Bank im Park, denke ich über Martin Heideggers Theorie nach, die er in *Sein und Zeit* entfaltet. Nämlich sozusagen den Sinn des Seins in der Zeit festzulegen und damit die zeitliche Begrenzung der menschlichen Existenz, also im Grunde den Tod, als Sinn aller Existenz, zu installieren. Wie kann der Tod denn bitte Sinn ergeben, denke ich, das ist doch paradox. In diesem Moment setzt sich ein jüngerer Mann neben mich auf die Bank und fragt, ob ich nicht vielleicht Sex mit ihm haben möchte.

»Was?«, frage ich verwirrt.

»Sex, hier, mit mir, in den Büschen«, wiederholt der Mann höflich sein Anliegen.

»Oh«, sage ich.

»Ja«, sagt der Mann.

»Wie kommen Sie darauf, dass ich das wollte, hier am hellen Tage?«, frage ich ihn.

Der Mann schaut mich verwundert an. »Sie sitzen hier doch in dem Teil des Tiergartens, wo sich Männer und Frauen und Frauen und Frauen und Männer und Männer zum sexuellen Austausch, ja, ich möchte sagen, zur animalischen Liebe in den Büschen treffen.«

»Oh«, sage ich.

»Ja«, sagt der Mann.

»Das wusste ich nicht«, sage ich.

»Dann gehe ich mal wieder«, sagt der Mann.

»Nein, nein, das war ja mein Fehler«, sage ich. »Ich werde gehen.« Ich erhebe mich von der Bank. »Es liegt aber nicht an Ihnen persönlich«, füge ich hinzu. »Sie sind durchaus attraktiv, doch ich hatte erst heute Vormittag Sex, und in meinem Alter ...«

Der Mann nickt verständnisvoll, und wir geben uns die Hand. »Passen Sie aber auf«, sagt er noch, als ich mich zum Gehen wende, »wenn Sie sich dahinten beim Schinkel-Denkmal auf eine Bank setzen, da treffen sich immer die asiatischen Kampfsportler und zerschlagen Telefonbücher und alles, was sich sonst noch in ihre Nähe wagt, und daneben« – er zeigt Richtung Siegessäule – »hält die Berliner Spannervereinigung ›Große Spannung e. V.‹ ihre Tagungen ab und bleibt paradoxerweise auch gern unter sich. Und am Ausgang sollten Sie sich auch nicht lange aufhalten, da treffen sich immer die Rollenspieler, die könnten Sie für einen Zwerg halten und mit einem Zauberschwert bedrohen.«

Diese ständige Betriebsamkeit in Berlin nervt, denke ich, als ich langsam gen Parkausgang schlendere. Jeder macht irgendetwas, um seine innere Leere ja nicht zu spüren, egal wie sinnlos: Spieleabende ausrichten, Laubblasen, Party.

Trotzdem passiert im Grunde nichts. Damit tun wir genau das Gegenteil dessen, was Heidegger als eigentliche Daseinsweise definierte, sich nämlich seiner Existenz samt Ende bewusst …

Plötzlich tauchen drei Männer in Ritterrüstung vor mir auf. »Da, ein Zwerg«, rufen sie und stürmen mit erhobenen Schwertern auf mich zu. »Wir müssen diesen Verräter töten.«

Ich schlage mich sofort in die Büsche, stolpere dabei aber über ein nacktes Pärchen, das gerade Sex hat. Bevor ich mich für mein Missgeschick entschuldigen kann, schubst mich schon ein mittelalter Mann, der ein Fernglas um den Hals hängen hat und mir vom Parkplatz hinterm Haus bekannt vorkommt, weg, und ruft: »Hey, das ist mein Pärchen. Suchen Sie sich ein eigenes, es gibt genug für alle.«

Gerade noch kann ich mich zum Ausgang des Parks retten, wo ich mit Telefonbüchern beworfen werde, bis ich endlich die Straße erreiche. Erschöpft wanke ich nach Hause.

Am Abend sitze ich in der U-Bahn und fahre zu meinem Freund Vin Diesel nach Charlottenburg. Der U-Bahn-Waggon ist komplett leer, und das monotone Rattern entspannt mich. Für Heidegger, denke ich, ist der Tod im Prinzip notwendiger Wesenszug des Menschen. Das würde er wahrscheinlich so nicht sagen, denke ich, aber hat er nicht geschrieben, dass nur der Mensch existieren kann, und etwa ein Stein *ist*, aber nicht existiert, und deswegen eben auch nicht sterben kann, denke ich angestrengt, doch in diesem Moment steigt eine junge Frau ein, setzt sich direkt neben mich und fragt, ob ich nicht dieser Vin Diesel sei. »Ich habe Sie sofort erkannt«, ruft sie.

»Sie wissen schon, wie Vin Diesel aussieht?«, frage ich verwirrt.

»Na, wie Sie«, sagt die Frau und sieht mich an, als wäre ich vollkommen wahnsinnig und nicht sie.

»Welche Haarfarbe hat denn Vin Diesel?«, stelle ich eine Fangfrage.

Die Frau schaut mich genervt an. »Wollen Sie mich verarschen? Sie sitzen doch direkt vor mir, und ich sehe, dass Ihre Haare blond sind.«

Plötzlich stürmen drei Männer in Ritterrüstung in die U-Bahn, schwingen ihre Zauberschwerter und rufen: »Da ist wieder der Zwerg, wir müssen ihn töten!« Ich kann mich gerade noch aus der Bahn retten und laufe zu Vins Wohnung.

»Morgen kommt endlich die deutsche Version meines letzten Films ins Kino«, sagt Vin, als wir uns bei ihm in der Wohnküche auf der Eckbank niederlassen. »Weißt du, der französische Art-House-Film. Er heißt: *Vin und alle*«.

»Hieß der französische Originaltitel dann *Vin et tout*?«, frage ich und lache unkontrolliert. »Karl May, Winn-e-tou, verstehste?«

Vin starrt mich an. »Sebastian, ich dachte, wir hätten das geklärt mit den Väterwitzen.«

Wir trinken unser Bier und dann erzähle ich, dass ich gerade für ihn gehalten wurde, als sei er mir wirklich so ähnlich wie ein Vater.

»Echt, aber du hast doch gar keine Muskeln«, sagt Vin.

»Vor allem habe ich noch Haare«, gebe ich zu bedenken.

»Ich habe auch noch Haare«, sagt Vin, »sie sind nur sehr, sehr blond. So dass man sie fast gar nicht sieht.«

Vin betrachtet sich in einem der Spiegel, die überall in seiner Wohnung hängen: »Eine Vin-Vin-Situation«, sage ich und muss schon wieder unkontrolliert lachen. Vin sieht mich böse an, und ich wechsle schnell das Thema: »In letzter Zeit nervt Berlin voll«, sage ich, »man kann nicht mal mehr einfach so sein, immer wollen die Leute was von einem. Ich bräuchte mal dringend wieder Ruhe, um über einige philosophische Probleme nachzudenken.«

Plötzlich stürmen drei Männer in Ritterrüstung aus Vins Küchenschrank und zerteilen mich mit ihren Schwertern. Ich bin sofort tot.

MEIN LEBEN ALS NOUVELLE-VAGUE-FILM

Als ich aufwache, ist seltsamerweise alles Schwarz-Weiß. Das sieht ziemlich gut aus, deswegen wundere ich mich nicht weiter. Ich liege in einer leeren Badewanne, trage einen eng geschnittenen, schwarzen Anzug mit weißem Hemd und schmaler Krawatte und rauche eine Zigarette, die in meinem Mundwinkel klemmt. Neben der Badewanne liegt ein Buch von Balzac. Ich schlage es auf und rezitiere laut ein paar Sätze. Leider kann ich kein Französisch, deswegen ist es ziemlich langweilig, ich stehe auf und gehe ins Zimmer nebenan. Dort liegt Brigitte* nackt auf dem Sofa und raucht. Brigitte ist meine Freundin, aber eigentlich ist sie eine Prostituierte und hat auch Sex mit meinem besten Freund Jean-Luc. Das finde ich interessant, und zu dritt machen wir oft Wettrennen durch den Louvre.

Brigitte bläst etwas Rauch an die Decke. »Jean-Paul, ich verlasse dich. Ich werde zu Jean-Luc ziehen.«

Ohne zu antworten, gehe ich nach unten auf die Straße und denke darüber nach, dass mich Brigitte gerade verlassen hat. Irgendwie lässt es mich kalt. Ich suche in meiner

* Bitte »Brieschid« aussprechen.

Manteltasche nach meinem Revolver. Er ist noch da. Vielleicht werde ich Brigitte töten. Oder Jean-Luc.

Ich klaue einen alten Renault Cabriolet und fahre siebenmal um den Arc de Triomphe, weil ich mich aus Versehen auf der inneren Spur eingefädelt habe und jetzt nicht mehr rauskomme. Dabei rauche ich. Irgendwann halte ich an einer roten Ampel an, steige aus und lasse den Wagen stehen. An der Ecke kaufe ich mir eine Zeitung, die ich aber nicht lese, sondern sofort in einen Mülleimer werfe, dann gehe ich in ein Café, bestelle einen Espresso und zünde mir eine Zigarette an. Ich habe aber schon eine im Mund. Das ist mir egal, ich stecke die neue Zigarette einfach in den anderen Mundwinkel. Der Espresso kommt, ich werfe sieben Stück Zucker in die kleine Tasse, nippe einmal kurz daran und verlasse das Café.

Ich gehe in ein Kino und schaue mir einen alten Film mit Humphrey Bogart an. Er klärt einen Mord auf und raucht dabei eine Zigarette. In der Reihe vor mir sitzt Anna*. Sie hat schwarze Haare, große blaue Augen und raucht. Ich setze mich neben sie und frage, ob wir rausgehen sollen. Sie nickt, ohne mich anzusehen, wir verlassen das Kino und schlendern durch eine Gasse, der Eiffelturm verborgen im Nebel hinter uns. Wir rauchen. Ich frage sie, ob sie mit mir schlafen möchte. Sie sagt, das wisse sie noch nicht, und wir schauen uns liebevoll in die Augen. Aber wir können nichts sehen, weil überall Rauch von den Zigaretten ist.

Ich klaue noch einen Renault Cabriolet, und wir fahren ans Mittelmeer. Anna trägt eine enge Jeans und ein geringeltes T-Shirt und hüpft über den Sand. Dabei raucht sie.

---

* Bitte »Anna« aussprechen.

Ich trage ein blaues Hemd und eine schwarze Baskenmütze. Anna ist in mich verliebt, doch sie weiß nichts von Brigitte. Sie liegt nackt auf einem Felsen, sieht in den Himmel, und ich lese ihr Sartre vor.

Am nächsten Morgen fahren wir wieder zurück nach Paris, und ich treffe Brigitte in einem Café.

»Ich habe mich von Jean-Luc getrennt, Jean-Paul. Ich bin jetzt mit Jean-Pierre zusammen.«

»Dann können wir ja wieder miteinander schlafen«, sage ich und zünde mir eine Zigarette an.

»Ich glaube nicht, dass das geht, Jean-Claude«, sagt Brigitte und zündet sich ebenfalls eine Zigarette an.

»Ich bin nicht Jean-Claude, sondern Jean-Paul«, sage ich.

»Aber wer ist dann Jean-Claude?«, fragt Brigitte.

»Die Welt gleicht einem unbequemen Stuhl«, sage ich, »du kannst auf ihm sitzen, aber am Ende ist ein Bett doch immer besser. Vor allem, wenn du zu zweit bist.«

»Ich wusste gleich, dass du eine andere hast.« Brigitte weint. Ich nehme meinen Revolver, erschieße sie und flüchte aus dem Café zu meinem Renault, in dem Anna auf mich wartet.

»Jean-Claude, was hast du nur gemacht?«, ruft sie und startet den Motor.

»Lass uns wieder ans Meer fahren«, sage ich und denke, dass ich vielleicht doch Jean-Claude heiße und nicht Jean-Luc. Oder Jean-Paul?

Zusammen fahren wir zu ihrer Wohnung, wo ich mich erst einmal vor der Polizei verstecken will. Wir rauchen im Bett ein paar Zigaretten, dann schlafen wir ein.

»Mich erregt, dass du ein Mörder bist«, sagt Anna am

nächsten Morgen, als sie im Bad steht und sich schminkt. »Aber ich musste dich doch an die Polizei verraten.«

»Das ist ja furchtbar«, rufe ich, weil ich mir schon wieder aus Versehen in die Augen geraucht habe. Annas Geständnis lässt mich kalt und ich renne auf die Straße, aber dort warten schon die Polizisten und schießen auf mich. Blutend falle ich auf die Straße. Anna kommt zu mir gelaufen.

»Jean-Pierre«, sagt sie, »ich liebe dich, aber jetzt bist du tot.«

»Ich heiße nicht Jean-Pierre«, sage ich und sterbe.

Fin.

Zuhause

LANGWEILIG

»Einmal Aspirin«, sage ich zur Apothekerin.

»Mmmhhh, Aspirin«, sagt die Apothekerin und holt eine Packung Aspirin.

»Noch eine Packung Pflaster, bitte«, sage ich.

»Mmmhhh, noch eine Packung Pflaster, bitte«, sagt die Apothekerin und holt eine Packung Pflaster.

»Und Tabletten gegen Katzenhaarallergie«, sage ich.

»Mmmhhh, und Tabletten gegen Katzenhaarallergie«, sagt die Apothekerin und holt Tabletten gegen Katzenhaarallergie.

»Außerdem bitte ›Die Traumdeutung‹ von Sigmund Freud«, sage ich.

»Mmmhhh, bitte ›Die Traumdeutung‹ von Sigmund Freud«, sagt die Apothekerin und holt »Die Traumdeutung« von Sigmund Freud.

»Das wär's dann«, sage ich.

»Mmmhhh, das wär's dann«, sagt die Apothekerin. »Mmmhhh, das macht achtzehn Euro fünfundvierzig.«

»Mmmhhh, achtzehn Euro fünfundvierzig«, sage ich und gebe ihr achtzehn Euro fünfundvierzig.

»Mmmhhh, achtzehn Euro fünfundvierzig«, sagt die Apothekerin und steckt die achtzehn Euro fünfundvierzig in die Kasse.

»Tschüss«, sage ich.

»Mmmhhh, Tschüss«, sagt die Apothekerin.

Ich verlasse die Apotheke.

Vor dem Späti nebenan sitzen drei Alkis.

»Musste nich malochen?«, fragt mich der eine.

»Nee, Künstler«, sage ich.

»Ick och,«, sagt der Alki und nimmt noch einen Schluck aus seiner Flasche.

Gegenüber beim Drogeriemarkt löst sich ein kleines Ausstellungswägelchen, gefüllt mit Shampoo im Sonderangebot, und rollt langsam den Gehweg hinunter. Die Alkis und ich schauen dem Sonderangebotswägelchen hinterher, wie es sich gemächlich entfernt.

»Mmmhhh«, sage ich.

»Mmmhhh«, sagt der erste Alki.

»Mmmhhh«, sagt der zweite Alki.

»Mmmhhh«, sagt der dritte Alki.

»Beckett«, sage ich.

»Wat?«, fragt der erste Alki.

»Warten auf Godot«, sage ich. »Berühmtes Theaterstück. Passiert die ganze Zeit nichts, ist aber große Kunst.«

»Könnt von mir sein«, sagt der zweite Alki.

»Wat«, fragt der dritte Alki.

»Nichts«, sagen der erste und zweite Alki gleichzeitig. »Das ist es ja gerade.«

Beide nehmen synchron einen Schluck aus ihren Flaschen.

Erst jetzt fällt mir auf, dass die Alkis gar kein Bier trinken, sondern ausschließlich Fritz Limo Geschmacksrichtung Melone.

Ich gehe weiter. Die Alkis rühren sich nicht von der Stelle.

Auf der Straße steht ein Kind und schreit. Und schreit. Und schreit.

Die Mutter steht daneben und raucht eine Zigarette. Plötzlich stößt das Sonderangebotswägelchen vom Drogeriemarkt an das Kind und es fällt um. Das Wägelchen wird kurz langsamer, nimmt dann Anlauf und rollt über das Kind und weiter den Gehweg hinunter. Ich schaue dem Wägelchen hinterher, wie es um die nächste Straßenecke biegt, und gehe langsam nach Hause.

Zuhause versuche ich die Verfilmung von »Warten auf Godot« auf illegalen Seiten im Internet zu streamen. Ich bin ein Raubstreamer. Ich bin Schuld daran, dass die Filmindustrie pleite ist und es keine Filme mehr gibt, auf der Welt, ab jetzt. Die illegale Seite lädt aber, statt den Film zu streamen, automatisch nordkoreanische Pornos mit Pferde-Gang-Bangs runter. Die Pornos sind so groß, dass der Laptop abstürzt. Ich blicke sehr lange stumm den Laptop an. Der Laptop bewegt sich ganz langsam zur Schreibtischkante und fällt dann auf den Boden.

Es klingelt an der Tür. Vor der Tür steht ein Polizist.

»Mmmhhh, guten Tag«, sagt der Polizeibeamte. »Sie streamen unerlaubt Filme im Internet und laden illegale Pornos von nordkoreanischen Pferde-Gang-Bangs runter. Sie sind Schuld daran, dass es ab jetzt keine Filme, kein geistiges Eigentum und keine nordkoreanischen Pferde-Gang-Bangs mehr gibt. Wir sperren jetzt Ihren Internetzugang. Und Sie müssen ab sofort eine Augenklappe tragen. Denn mit dem Zweiten sieht man besser.«

Der Polizist reicht mir eine Augenklappe, und erst jetzt merke ich, dass auch er eine Augenklappe trägt – sogar auf beiden Augen.

Plötzlich fährt das Sonderangebotswägelchen über meine Türschwelle, nimmt Anlauf und überfährt den Polizisten. Ich hole schnell die neuen Pflaster, aber er ist schon tot. Dann werde auch ich von dem brutalen Sonderangebotswägelchen erfasst und sterbe qualvoll unter seinen kleinen Rädern.

»Können Sie auch mal wieder einen Text schreiben, der nicht mit Ihrem Tod endet?«, fragt Sigmund Freud, der neben meinem Schreibtisch in einem Ohrensessel sitzt. Er trägt einen Stoffbeutel mit der Aufschrift: »Ich adde deine Mudder.«

»Das liegt an meiner Angst vor der Nicht-Existenz, die ich seit frühster Kindheit in mir fühle. Vielleicht kann man mit Heidegger jedoch sagen, dass erst durch die Nicht-Existenz, also den Tod, Sinn entsteht, aber da bin ich mir nicht sicher«, erkläre ich und klappe meinen Laptop zu, auf dem ich gerade die Geschichte geschrieben habe. »Außerdem haben die Texte mit so einem schönen Tod immer ein prägnantes Ende.«

»Und jetzt?«, fragt Freud und kratzt sich an seinem grauen Bart.

»Jetzt nicht.«

»Tut mir leid.«

»Kein Problem. Cooler Stoffbeutel, übrigens. Wissen Sie, in meinem letzten Buch ging es auch sehr viel um Stoffbeutelaufdrucke.«

»Aha. Was würde denn auf Ihrem Stoffbeutel stehen?«

»›Langweilig‹ zum Beispiel. Vielleicht hätte ich auch einen, auf dem ein Elch abgebildet ist.«

»Ein Elch?«

»Ja, ich mag Elche. Ich versuche schon sehr lange, mal einen in freier Wildbahn zu sehen.«

»Träumen Sie auch von Elchen?«

»Ja, aber am Ende sterben sie immer.«

»Aha, schon wieder!«

»Jetzt ist aber wirklich Schluss!«

»Okay.«

DER MAGISCHE ELCH

Wenn sich das Flugzeug im Landeanflug auf Denpasar, der Hauptstadt Balis, senkt, sieht man erst einmal nur Wasser. Der dunkelblaue Ozean scheint immer näher zu kommen, schon kann man unzählige Surfer erkennen, die mit ihren Brettern auf riesigen Wellen reiten, doch noch immer ist kein Land in Sicht. Erst in letzter Sekunde, die Passagiere mit Flugangst haben längst orangen Tomatensaft auf ihren Sitznachbar erbrochen, erscheint die Insel, und das Flugzeug setzt behutsam auf der Landebahn auf.

Unser Hotel in Kuta Beach ist wunderschön, eine Oase der Ruhe aus kleinen, weißen Bungalows, die um einen riesigen Swimmingpool angeordnet sind. Exotische Vögel in Neonfarben fliegen aufgeregt von Dach zu Dach, und nachts flattern riesige Flughunde am Himmel.

»Genau das Gegenteil vom stressigen Berlin«, sage ich zu meiner Freundin. »Hier gibt es bestimmt niemanden, der die ganze Zeit irgendetwas von uns will.«

Am nächsten Tag gehen wir an den Strand. Meine Freundin holt eine absurd dicke Shakespeare-Gesamtausgabe aus ihrer Tasche und vertieft sich in die Lektüre. Ich betrachte die Surfer, die braungebrannt und muskulös ihre Bretter zum Meer tragen. Ich wäre auch gern Surfer.

Ein Strandverkäufer baut sich vor uns auf, in der Hand hält er einen kunstvoll geschnitzten Drachen aus dunklem Holz.

»Dragon. Dragon. Dragon«, sagt er monoton.

Ich schüttle den Kopf.

»I also sell this.« Er zeigt mir das Berliner Obdachlosenmagazin *Motz*.

Ich kaufe ihm zwei Ausgaben ab, und er geht weiter zum nächsten Touristenpärchen, das wohl auch aus Deutschland kommt, denn sie tragen Jack-Wolfskin-Badeshorts.

Das beruhigende Wogen des Meers, hin und wieder durch ein leises »Dragon« unterbrochen, lässt mich müde werden, und ich schlafe ein.

Als ich nach sieben Stunden wieder aufwache, schmerzt meine Haut. Ich sehe an mir herunter: Ich bin komplett rot. Wahrscheinlich hätte ich nicht wie in Berlin die Sonnencreme mit Lichtschutzfaktor Vier benutzen sollen. Nur auf meinem Bauch ist ein kleines Rechteck weiß geblieben, anscheinend hatte dort meine Freundin ihr ebenfalls weißes iPhone abgelegt. Unten in das kleine Rechteck, knapp über meinem Schritt, hat sie einen Pfeil gemalt und »Entsperren« daneben geschrieben.

Plötzlich steht ein anderer Strandverkäufer vor uns und zeigt mir eine ungewöhnlich große Ananas. Ich gebe ihm einen Dollar und er zerteilt die Frucht mit einem riesigen Messer, das ein wenig wie ein altes Ritterschwert aussieht, in mundgerechte Stücke. Im Vergleich zu dieser Ananas schmecken die Ananasse in Deutschland nach Ananas flavored water.

Ich schaue wieder auf das blaue Meer. Einer der Surfer wird gerade von einer gigantischen Welle erfasst und verschwindet samt Brett in den Fluten. Einige Sekunden später taucht mit einem lauten Plopp sein leeres Brett aus dem Wasser auf.

Dann nähert sich der erste Strandverkäufer wieder. Statt seines stoischen »Dragon« scheint er jetzt etwas anderes zu rufen. Es hört sich an wie »Elk. Elk. Elk.« Als er uns endlich erreicht hat, kniet er sich vor uns auf den heißen Sand und präsentiert seine Figur. Es ist ein kunstvoll geschnitzter Holzelch.

»The famous elk from Bali?«, fragt meine Freundin den Verkäufer. Erst jetzt sehe ich, dass er einen feinen Schnurrbart trägt.

»That's right«, sagt der Verkäufer. Sein Bart ist so fein, dass er fast aufgemalt wirkt.

»There are no elks in Bali«, sage ich zum Verkäufer.

»There are also no dragons in Bali«, gibt er zurück. »But the tourists buy it anyway.«

Wir sehen uns lange gegenseitig an. Bis auf das beruhigende Rauschen des Ozeans und die Hilferufe einiger Surfer ist nichts zu hören.

»I'll buy the elk«, sage ich in die Stille hinein.

»Spinnst du?«, ruft meine Freundin.

»Four hundred Dollar«, sagt der Verkäufer.

»Was?«, rufe ich. »That's really expensive.«

»It's an imported elk«, sagt der Verkäufer ruhig. »And Finland is far away.«

»Okay«, sage ich und gebe dem Verkäufer das Geld. Er überreicht mir lächelnd den Elch.

»Das ist doch mal ein ausgefallenes Urlaubsmitbringsel«,

sage ich zu meiner Freundin, als der Verkäufer seine Strandtour fortsetzt. »Ein echter Bali-Elch. Da freuen sich meine Eltern bestimmt.«

Sie nimmt mir den Elch aus der Hand, dreht ihn um und liest vor, was auf der Unterseite steht: »Made in China.«

»Wir sind ja auch in Asien«, sage ich.

»Das ist der globalisierte Kapitalismus«, sagt sie. »Unnötige Waren werden um die ganze Welt geschippert, nur um dann da, wo es gar keinen Sinn ergibt, zu horrenden Preisen angeboten zu werden. Und es findet sich immer ein Idiot, der den Mist auch noch kauft.«

»Du hättest den Elch auch gekauft, wenn er eine Katze gewesen wäre«, sage ich.

»Du redest wirr«, sagt meine Freundin und steckt sich ihre iPhone-Kopfhörer in die Ohren. Ich nehme das Telefon und lese, was auf der Rückseite steht:

Designed by Apple in California, produced in Bangladesh, assembled in China, programmed in Taiwan and tested in Sachsen-Anhalt. Sieben Wanderarbeiter wurden bei der Produktion durch einen Brand getötet, zwei Flüsse wurden vergiftet und zehn sachsen-anhaltinische Kinderdaumen kamen zu Schaden. Wir hoffen, du weißt dieses Apple-Produkt zu schätzen. i.A. Steve Jobs.

Ich blicke wieder zum Ozean. Ein riesiger Drache zerrt gerade einen Surfer von seinem Brett und frisst ihn bei lebendigem Leib auf.

Ein weiterer Strandverkäufer kommt zu uns. Er verkauft Surfbretter. An einem klebt Blut. Als er meinen Elch sieht, erstarrt er.

»Oh, it's the magic elk«, sagt er ehrfürchtig.

»What's so magic about the elk?«, frage ich fasziniert.

»It's because only really dumb people buy it, when they are on holidays in Asia.«

Der Verkäufer und meine Freundin lachen und geben sich High Five. Dann kaufe ich dem Mann ein Surfbrett ab und gehe endlich surfen.

Zuhause

MACHT ES NICHT SELBST

»Herzlich Willkommen bei Bagel World«, sagt der gut gelaunte Verkäufer in seiner orangenen Corporate-Identity-Schürze. Er lächelt mich mit seinem gewinnenden Corporate-Identity-Lächeln an und deutet mit seinen Plastikhandschuhen einladend auf die große Neontafel hinter sich, auf der die verschiedenen Bagel-Kombinationen aufgelistet sind. Die Liste ist sehr, sehr lang.

»Ich hätte gerne was mit Lachs«, sage ich kurzentschlossen.

»Graved Lachs oder normal?«, fragt der Verkäufer und greift beherzt in die riesige Glasvitrine vor sich.

»Äh, normal«, sage ich zum Verkäufer. »Normal passt ganz gut zu mir.«

Ich lache. Der Verkäufer sieht mich völlig ausdruckslos an und fragt dann: »Wir hätten da den Basic Bagel nur mit Cream Cheese oder den Advanced Bagel mit Cream Cheese, Green Salad und Avocado oder den Special Bagel mit Gorgonzola Cheese und unserer Special Sour-Ingwer-Tabasco-Sauce im Angebot. Und welche Extras wollen Sie dazu: Wir haben Sprossen, Rucola, Honig-Senf und Scho-ko-Mandel-Bubble-Tea?«

Jetzt starre ich den Verkäufer ausdruckslos an.

»Mit Lachs, bitte«, sage ich leise.

»Sie müssen sich auch noch aussuchen, ob Sie Mohn, Sesam, Vollkorn oder Natur wollen?«

»Den Lachs?«

»Den Bagel.« Der Verkäufer lässt genervt die Arme sinken.

»Entschuldigung, ich wollte Sie nicht enttäuschen«, sage ich. »Mir fällt es immer so schwer, mich zu entscheiden. Das ist wie in ein leeres Restaurant zu kommen, und alle Tische sind frei. Dann kann ich mich nie für einen Tisch entscheiden. Ich muss alle Tische ausprobieren, um herauszufinden, welcher der Perfekteste ist und komme gar nicht zum Essen. Da ist mir lieber, wenn das Restaurant voll ist und ich wieder nach Hause gehen kann.«

»Das ist ja wahnsinnig interessant«, sagt der Verkäufer.

»Danke«, sage ich.

»Das war ironisch«, sagt der Verkäufer.

»Oh«, sage ich.

»Sie können auch eine unserer Combinations bestellen«, sagt der Verkäufer wieder mit seiner Corporate-Identity-Stimme. »Zum Beispiel den Graved Lachs Cheese Manhattan One, mit Double Cream Cheese, Rucola-Parmesan-Pesto und Vinegar-Curry-Sauce …«

»Können Sie mir vielleicht etwas empfehlen?«, unterbreche ich ihn resigniert.

Der Verkäufer wirft den Lachs wieder in die Glasvitrine zurück und schaut mich jetzt unverhohlen genervt hat. »Das müssen Sie schon selbst machen. Das ist ja schließlich Ihr Leben.«

Erschöpft sinke ich auf einen Corporate-Identity-Hocker

und blicke zu dem auf einmal sehr groß wirkenden Verkäufer auf. Meine Gedanken schweifen ab, und ich muss an dieses Tocotronic-Lied denken:

»Mach es nicht selbst
Auch wenn du dir den Weg verstellst
Was du auch machst
Sei bitte schlau
Meide die Marke Eigenbau
Heim und Netz Werkerei
Stehlen dir deine schöne Zeit.«

Seit Jahren wird uns erzählt, dass es voll die Selbstbefreiung ist, wenn wir alles selber machen. Bagel zusammenstellen, Autos reparieren, Regale zusammenbauen, Clips hochladen, Kleider nähen, die Pakete von der Post-Packstation abholen statt sie gebracht zu bekommen, Bücher schreiben statt zu lesen, Profile anlegen, vernetzen, seine eigenen Projekte starten. Und am Ende natürlich kein Geld dafür zu bekommen.

Wahrscheinlich übertragen bald auch Paare dieses Prinzip der Marke Eigenbau auf ihr Privatleben:

»Na, Schatz, wie hättest du es gerne? Normal, von hinten oder doch lieber Fellatio? Dann suchst du dir bitte noch eines der Extras aus? Kondom, Pille oder doch coitus interruptus?«

Oder beim Kinderkriegen:

»Wir hätten da eins mit blonden Haaren, blauen Augen und IQ von 130 im Angebot«, sagt der Arzt. »Sie können wahlweise noch Anlagen zur Sprach- und Kommunikationsbegabung oder mathematisch-physikalische Ausrichtung dazu wählen. Das Ganze gibt es dann als Basic, Standard, Large, Homo oder Hetero. Zum Gleichficken oder Mitnehmen?«

»Wer zu viel selber macht, wird schließlich dumm, ausgenommen Selbstbefriedigung«, sangen Tocotronic im gleichen Lied.

Plötzlich steht der Bagel-Verkäufer direkt vor mir. Er legt mir seine große, starke Hand auf die Schulter und zwinkert mir aufmunternd zu.

»Wann haben sie begonnen uns zu erzählen, dass man sein ganzes Leben selbst zusammenbauen muss?«, frage ich ihn matt.

»Begreif es als Chance, als Anfang«, antwortet der Verkäufer und blickt mich eindringlich mit seinen blauen Corporate-Identity-Augen an. »Es gibt keine Macht mehr, die dir befiehlt, was du zu tun hast, keine Macht mehr, die dich diszipliniert. Heute kannst du dir deinen Bagel so zusammenstellen, wie du es persönlich für richtig hältst.«

»Ich will doch gar keine Macht«, sage ich schwach. »Der Kapitalismus ist schon anstrengend genug, da kann man sich doch wenigstens bedienen lassen.«

»Darum geht es nicht. Es geht nur um dich und um deine individuelle Freiheit. Du musst dich ändern. Das wirst du auch noch verstehen. Bald versteht es die ganze Welt!«

Der Verkäufer steigt auf einen der Hocker und ruft: »Bau dir deine ganz eigene Corporate Identity. Sei der Unternehmer deiner selbst. Definiere dich über deine Bagel-Beläge. Finde den Bagel, der perfekt zu dir passt. Es ist nicht einfach nur ein Bagel. Du bist der Bagel.«

»Eigentlich mag ich ja gar keinen Lachs«, sage ich. »Ei-

gentlich mag ich auch keine Bagel. Ich mag gerne Butter-
brote, Käse-Stullen und Fleischkäs-Semmeln!«

»Kein Problem«, sagt der Verkäufer wieder in seiner un-
verbindlichen Coporate-Identity-Stimme, geht hinter die
Theke zurück und holt zwei labbrige Vollkornbrotscheiben
hervor. »Wir haben gesalzene Butter, ungesalzene Butter,
irische Butter, Halbfettbutter und Magerbutter? Mit Kräu-
tern oder ohne? Dick gestrichen oder dünn aufgetragen?«

Ich sinke auf den Hocker zurück und schließe meine Augen. Die Folter endet nie.

DAS KAFFEE-
KRÄNZCHEN

Als ich mal wieder meine Eltern in Freiburg besuche, schleppen sie mich zu einem langweiligen Kaffeekränzchen, das zum Geburtstag meiner Stieftante zweiten Grades ausgerichtet wird. Vielleicht wollen sie sich an mir rächen, weil sie nicht glauben, dass der Elch wirklich aus Bali kommt, den ich ihnen mitgebracht habe. »Genau den gleichen gibt's bei Butlers«, rief meine Mutter enttäuscht, als ich ihn ihr überreichte. »Ich hätte so gern einen echten Bali-Drachen gehabt.«

Bei dem Kränzchen mache ich es mir in einem tiefen Plüschsofa bequem, esse etwa sieben Stück Schwarzwälder Kirschtorte und beobachte einen der Gäste, der schon die ganze Zeit friedlich schläft. Er trägt einen perfekt sitzenden Nadelstreifenanzug mit Krawatte und Einstecktuch, und seine vollen, schlohweißen Haare sind ordentlich nach hinten gekämmt. In den Gesprächspausen kann man ihn leise schnarchen hören.

»Dieser Herr ist schon unendlich alt«, raunt mir mein Vater zu. »Keiner weiß, wie alt genau, es geht aber das Gerücht um, dass er unter Bismarck ein wichtiges Amt bekleidete.«

Mein Vater muss unkontrolliert lachen.

»Auch ist unklar«, fährt er fort, als er sich wieder beruhigt hat, »ob er überhaupt verwandtschaftlich mit unserer Familie in Beziehung steht, anstandshalber lädt deine Stieftante zweiten Grades ihn jedoch immer wieder zu verschiedenen Anlässen ein, die er dann ausschließlich schlafend absolviert.«

Plötzlich steht besagte Stieftante zweiten Grades vor uns. »Und was macht das Studium?«, schreit sie mich an. Wir kommunizieren meist schreiend in unserer Familie.

Wie immer erkläre ich ihr, dass ich schon seit Jahren mit meinem Studium fertig sei.

»Was, warum?«, ruft sie. »Hast du abgebrochen?«

Ich sinke noch ein wenig tiefer in das Plüschsofa ein. »Nein«, brumme ich, »ich habe einen Abschluss.«

»Wirklich? Du bist doch noch so jung«, schreit meine Stieftante.

Egal wie alt ich wirklich bin, für meine Verwandten bleibe ich doch immer ein zwölfjähriger Rotzlöffel. Doch nicht nur wegen meines vermeintlichen Alters nimmt mich keiner ernst, auch mein bohèmeistischer Lebenswandel und meine schriftstellerische Karriere in der Sündenstadt Berlin führen jedesmal wieder zu Irritationen in der Familie.

»Ich find's ja toll in Berlin«, ruft meine Stieftante zweiten Grades auch schon. »Als ich vor kurzem da war, das muss so 1976 gewesen sein, hat mir vor allem diese Mauer gefallen!«

»Ist es inzwischen nicht so gefährlich in Berlin?«, mischt sich die Cousine meiner Mutter ein. »Ich hab bei Günther Jauch gesehen, dass in diesem Ghetto, wie heißt das nochmal, Kreuzberg glaube ich, regelmäßig Autos angezündet werden und Restaurants aufmachen, in denen es gar kein Fleisch mehr gibt. Das ist ja sehr ungesund.«

Ein Raunen geht durch die Kaffeekränzchen-Besucher.

Um meine Verwandten doch ein wenig zu beeindrucken, erzähle ich von meiner Lesebühne in Berlin und den sehr erfolgreichen Geschichten mit dem kommunistischen Känguru, die ich schreibe, da schlägt auf einmal der alte Herr im Anzug seine Augen auf.

»Berlin«, flüstert er.

Alle Gäste des Kränzchens blicken ihn entgeistert an. Anscheinend sind das seine ersten Worte seit fünfundzwanzig Jahren. An seinem hundertsten Geburtstag soll er nämlich verstummt sein.

Mit brüchiger Stimme beginnt er nun zu erzählen: »Als ich 1940 zum ersten Mal in Berlin war, als Soldat, ist mir aufgefallen, dass man dort zu Brötchen ›Schrippen‹ sagte. Dies hat mich sehr verwundert.«

»Was haben Sie zu dieser aufregenden Zeit noch alles erlebt in der Reichshauptstadt?«, fragt meine Stieftante zweiten Grades.

»Och, damals war ja dieser schreckliche, todbringende Krieg im Gange, schon der zweite, in dem ich kämpfte, ich weiß nicht, ob Sie davon gehört haben?«, sagt der alte Herr, immer wacher werdend. »Was mich jedoch wirklich schockiert hat, waren diese Hundescheißhaufen überall. Ständig trat man früher in einen Hundescheißhaufen, besonders in Kreuzberg.«

»Vielleicht hängt das irgendwie mit den vegetarischen Restaurants zusammen«, sagt meine Mutter.

»Damals begann man auch mit dem Bau eines neuen Flughafens«, erzählt der Alte weiter. »Der wurde dann aber nicht so schnell fertig.«

»Gab es denn auch positive Seiten damals in Berlin?«, fragt der Schwager meiner Mutter.

»Natürlich!« ruft er, »die Mieten waren damals wirklich sehr billig und an jeder Ecke gab es einen Späti, wo man sich auch nachts mit Bier und anderen Alkoholika versorgen konnte.«

»Ich wünschte, ich hätte damals auch in Berlin gelebt«, rufe ich begeistert.

»Und jedes Wochenende sind wir ins Berghain gegangen, damals der beste Club der Welt«, schwärmt der alte Herr. »Dort gab es einen Darkroom für schnellen Sex, und alle nahmen wir Drogen …«

»Oh, wie schön!«, ruft meine Mutter strahlend.

»Es war eine Parallelwelt«, sagt der alte Herr. »Draußen Tod und Verderben, drinnen tanzen bis Sonntagmittag. Aber das war dann ja bald vorbei.«

»Wahrscheinlich wegen der schrecklichen Bombennächte?«, fragt mein Vater.

»Ach, nein«, sagt der Alte und wiegt den Kopf hin und her, »das Berghain wurde zu kommerziell, nur noch Touristen. Da sind wir weitergezogen, nach Osten …«

»Nach Polen?«, rufe ich dazwischen.

»Nein, nach Treptow«, sagt er. »Oder in die Rummelsburger Bucht, da gab es viele illegale Partys.«

»Ach ja, die berühmte Schlacht an der Rummelsburger Bucht«, sagt der Schwager, der Professor für Mittelaltergeschichte ist.

»Es war einfach eine andere Zeit damals!« Das Erzählen hat den alten Mann sichtlich erschöpft. Er blickt noch einmal in die Runde, schließt dann unendlich langsam seine Augen und verfällt wieder in tiefen Schlaf.

»Früher war alles besser!«, ruft meine Stieftante zweiten Grades noch, dann wenden sich wieder alle mir zu.

»Was willst du denn jetzt überhaupt machen, wenn du endlich mit dem Studium fertig bist?«, schreit mich mein Vater an.

»Ich hatte überlegt, Soldat zu werden«, sage ich, um endlich meine Verwandten zu beeindrucken, aber ich ernte nur verständnislose Blicke. Meine Mutter schaut entsetzt und flüstert meiner Stieftante zu: »Das wird er nie überstehen, er war schon immer das perfekte Opfer.«

Niemand respektiert mich, denke ich traurig und blicke zu dem alten Herren auf dem Sessel. Und für einen Moment habe ich das Gefühl, dass er mir zuzwinkert. Aber vielleicht ist er auch nur gestorben.

Freiburg früher

KRIEG UND KRIEG*

In Freiburg kommen immer sofort die Erinnerungen zurück. Jede Straße, jedes Haus, jeder Baum scheint irgendwie mit meiner Vergangenheit verbunden zu sein. Wenn ich durch den nahen Stadtwald laufe, denke ich zum Beispiel daran, wie wir als Kinder hier Krieg gespielt haben: »Du bist tot«, höre ich meinen Freund Florian rufen. Er steht vor mir, zielt mit einem Stock auf mich und macht laut »ratatatata«.

»Nein, ich will nicht!« sage ich den Tränen nahe. »Du hast mich gar nicht getroffen«

»Wohl! Du bist tot, tot, tot!« Florian visiert mit seinem Stock-Maschinengewehr noch einmal genau meine Stirn an. »Kopfschuss!«, brüllt er.

»Höchstens ein Streifschuss«, versuche ich zu verhandeln.

»Leg dich hin!«, schreit Florian. »Du bist tot, du miese, kleine Ratte!«

»Na, gut, aber nur für zwei Minuten, dann stehe ich wieder auf.« Das mit der Auferstehung kenne ich aus dem Religionsunterricht.

* Ein Kollege von mir hat mal den Roman »Krieg und Frieden« geschrieben. Hier nun die unautorisierte Fortsetzung.

»Okay«, ruft Florian, macht noch mal »ratatata« und rennt dann weiter, noch mehr Kinder umbringen.

Eigentlich haben wir früher nichts anderes gespielt als Krieg, denke ich, als ich durch den Wald spaziere. Wir waren Cowboys und Indianer, wir waren Räuber und Gendarm, wir waren Föderation und Klingonen. Und wir hatten Waffen. Die Karnevals-Pistolen waren das ganze Jahr im Einsatz, dazu natürlich allerhand Stöcke, die als Gewehre oder Schwerter umgebaut wurden. Beim Cowboy-und-Indianer-Spielen wurde es besonders gefährlich. Mein Freund Ingo besaß einen echten Bogen, mit dem wir wild Plastikpfeile auf Amseln schossen – und einmal sogar auf Dirk, den keiner mochte, weil er eine dicke Brille trug, die mit lila Gummi-Bändern hinter den Ohren befestigt war. Zum Glück, muss man sagen, sonst wäre der Pfeil direkt ins Auge gegangen.

Wenn wir Krieg zwischen zwei Ländern spielten, dann immer Deutschland gegen die Schweiz. Leider war ich meistens bei den doofen Schweizern. Ich meine, wir waren sechs Jahre alt, da wollten natürlich alle Deutschland sein. Außer Miroslav. Der kam eigentlich aus Jugoslawien und wollte lieber gar nicht Krieg spielen, der kannte das ja noch in echt. Also durfte er Sanitäter sein und die Toten vom Schlachtfeld tragen.

Im Rückblick bin ich allerdings ganz froh für die niedliche Schweiz gekämpft zu haben. Ich muss Florian mal fragen, ob er seinen Antifa-Freunden im besetzten Haus, in dem er jetzt wohnt, schon erzählt hat, dass er früher der Anführer der Deutschen war.

Allerdings nahmen wir beim Kriegsspielen die Naturgesetze nie besonders ernst:

Nach gefühlten zwei Minuten stehe ich wieder von den Toten auf, nehme mein Stock-Gewehr und die Ast-Pistole und verfolge Florian, der gerade Deckung hinter einem Baum sucht, weil Dirk und Ingo ihn mit ihren Holz-Uzis ins Kreuzfeuer nehmen. Sofort feuere ich von hinten auf Florian.

»So, jetzt bist du aber tot!«, brülle ich triumphierend den verdutzten Florian an. So schnell hat er nicht mit meiner Auferstehung gerechnet.

»Du hast Ladehemmung«, versucht er sich zaghaft rauszureden, aber Dirk und Ingo nehmen ihn jetzt aus nächster Nähe unter Beschuss. Florian will allerdings immer noch nicht umfallen und tot sein, deswegen schupsen wir ihn einfach auf den Boden, und Ingo haut mit seiner Holz-Uzi auf seinen Kopf ein, bis es blutet.

Ingo hatte Probleme zuhause, Gerüchten zufolge war sein Vater Hell's Angel und saß im Gefängnis, jedenfalls war Ingo immer besonders brutal. Heute würde man von einem Kriegsverbrecher sprechen.

Doch eigentlich denke ich nicht gern an meine Kindheit. Andere Kinder marschierten mit ihren Eltern auf Anti-AKW-Demos und streichelten kleine Ponys auf dem Biobauernhof ihrer Großeltern. Wir spielten den Zweiten Weltkrieg mit Playmobil-Männchen nach. Und Deutschland hat auch noch gewonnen.

Mit der Gleichberechtigung war es im Krieg ebenfalls nicht weit her, von Mädchen in Uniform keine Spur – bei uns kämpften auch nicht mehr Frauen als bei Dax-Unternehmen im Vorstand sitzen. Nur Miriam durfte manchmal mitmachen. Dann allerdings nur als Opfer. Einmal spielte sie eine Vertriebene und musste mit ihren zwei Babys im Puppenwagen (den hatte sie blöderweise zum Kriegsspielen mitgebracht, dieses Mädchen!) vor den Kampfhandlungen fliehen. Allerdings ließ Ingo sie nicht entkommen und richtete die zwei Babypuppen mit seiner Holz-Uzi ziemlich übel zu. Danach durfte Miriam nicht mehr mit uns Krieg spielen.

Kinder sind böse, und wir waren besonders schlimm, muss ich jetzt im Nachhinein feststellen. Vielleicht weil unsere Eltern alle Alt-68er und friedensbewegte Grüne waren. Wir durften frei entscheiden, was wir am liebsten spielen wollten … und wir wollten Krieg spielen!

Wer denkt, mit zunehmenden Alter hätten wir angefangen, in unserer Spielauswahl kreativer zu werden, der täuscht sich. Kreativer wurden nur unsere Kriegsmittel. Wir waren jung und hatten das Geld. Man kann mit Lego eine Krankenstation bauen oder mit Playmobil einen Schatz auf der Schatzinsel suchen, man kann aber auch einfach den Irak-Feldzug gegen Saddam Hussein oder die Seeschlacht vor England nachspielen.

Ich weiß gar nicht, was die Leute heute für Probleme haben: »Ach, die Kinder sitzen nur noch vorm Computer und posten Fotos von schlecht gelaunten Katzen. Die leben gar nicht mehr in der realen Welt.« Das ist doch schön. Unsere Kinder-Welt war dagegen viel zu real: Krieg, Tod, Verderben. Und der Schwächere verliert immer. Dann doch lieber Facebook.

Aber was brachte uns schließlich weg vom Krieg?, frage ich mich, als ich wieder den Wald verlasse und zurück zum Haus meiner Eltern spaziere. Keiner von uns ist bei der Fremdenlegion gelandet oder Fahrkartenkontrolleur geworden. Aus meinem damaligen Freundeskreis haben alle verweigert und Zivildienst gemacht. Wir sind gute Menschen geworden. Weil wir halt doch im tiefen Herzen friedliebende Pazifisten und Gutmenschen sind … Nein! Eigentlich haben wir nur mit dem Krieg-Spielen aufgehört, weil wir dann in der Pubertät die Mädchen entdeckten, wird mir klar. Plötzlich verschoben sich die Prioritäten: Wir legten unsere Gewehr-Stöcke weg und nahmen stattdessen andere Stöcke in die Hand*. Statt Krieg spielten wir jetzt Doktor und profilierten uns mit schwülstigen Liebesbriefen im ewigen Kampf der Liebe.

Ganz schön deprimierend, so ein Klischee-Mann zu sein. Was wollte ich bis jetzt in meinem Leben? Krieg und Frauen. Also eigentlich: Krieg und Krieg.

Ich schließe die Tür zum Haus meiner Eltern auf, genauso wie vor zwanzig Jahren, als ich vom Krieg-Spielen aus dem Wald kam.

Trotz allem ist aus mir ein relativ umgänglicher Mensch geworden, denke ich, und kein Amokläufer oder Finanzberater. Vielleicht ist also die Kindheit nicht so prägend, wie alle immer behaupten. Das hoffe ich jedenfalls. Nicht dass irgendwann doch noch der Saddam oder George W. aus mir herausbricht. Denn manchmal, tief in der Nacht, hole ich meine alte Stock-Uzi unterm Bett hervor – und heize den scheiß Schweizern so richtig ein!

* »Sehr interessant«, sagt Sigmund Freud und kratzt sich an seinem Bart.

ANORAK CITY

Auf hostelworld.de sah das aber ganz anders aus. Ein nettes kleines Zimmer mit Doppelbett und eigenem Bad – »quiet and in the heart of the city«, hieß es auf der Website. In Wirklichkeit liegt das Hostel direkt an einer Autobahn. Es kostet ja auch nur achtzig Pfund pro Nacht.

Ich ziehe die Plastikvorhänge zur Seite und blicke auf die Radkappen eines riesigen LKWs, der gerade vorbeifährt. Abgase werden in mein Gesicht geblasen, denn das Fenster steht offen. Ich versuche es zu schließen, es bewegt sich jedoch keinen Zentimeter. Im Gegensatz zu herkömmlichen Ibis-Hotels in Deutschland, bei denen man die Fenster nicht öffnen kann, damit man keinen Müll auf die Straße wirft oder sich – ob der Geschmacklosigkeit der Zimmereinrichtung – aus dem Fenster stürzt, kann man bei diesem Hostel anscheinend die Fenster nicht schließen.

Ich inspiziere das winzige Badezimmer, in dem Teppichboden liegt. So etwas ist auch nur in England möglich. In der Badewanne steht fast bis zum Rand braunes Wasser und etwas, das aussieht wie ein Karpfen, schwimmt darin. Außerdem stinkt es fast so schlimm nach faulen Eiern wie eine heiße Quelle auf Island.

Ich gehe schnell wieder zurück ins Zimmer und setze mich aufs Bett. Im ersten Moment habe ich das Gefühl, unter der Wolldecke befände sich gar keine Matratze, sondern nur Metallfedern, die, gleich einem sehr großen Igel, in die Höhe stehen.

Ich muss daran denken, was meine Eltern früher immer gesagt haben, wenn die Ferienwohnung in Schweden wieder ganz anders aussah, als im Katalog des Reisebüros: »Wir müssen hier ja nur schlafen.« Den Satz habe ich damals schon nicht verstanden. Schlafen ist doch wichtig. Ich schlafe ein Drittel des Tages. Oder zwei Drittel. Vier Fünftel. Jedenfalls lange. Und ich schlafe ungern auf einer Autobahn.

Nachdem ich meine Sachen ausgepackt habe, gehe ich zur Rezeption. Überall auf den Gängen sitzen junge spanische Touristen mit Laptops auf den Knien und skypen. Man hat das Gefühl, sie vereisen nur, um in den Hostels rund um die Welt das kostenlose W-Lan auszunutzen.

Ich sage dem Mann an der Rezeption, dass das Fenster in meinem Zimmer kaputt ist.

»What do you expect?«, fragt er gelangweilt. »It's just eighty pound per night.«

»But the motorway«, gebe ich zu Bedenken.

Der Mann lacht und malt auf seinem Rezeptionisten-Block rum. »Like my parents used to say«, sagt er, »you just have to sleep here.«

Er lacht wieder und jetzt erkenne ich auch, was er auf den Block malt: einen Totenkopf unter dem »Fuck the Nazi-Germans« steht.

Das Klischee, dass es in London immer regnet, stimmt nicht. Manchmal stürmt es auch nur, oder es ist neblig. Die Londoner scheint es nicht zu stören. Sie tragen hübsche Anoraks und haben es ohnehin eilig. Zum Glück gibt es an jeder Straßenecke gemütliche Pubs mit Lager und Fish'n'Chips.

Im Pub, in dem ich gerade sitze, gibt es Fish'n'Chips in drei Varianten. Variante eins besteht einfach aus Fisch und Pommes. Zwei ist Fisch und Pommes mit ganz viel Essig drüber und drei Fisch und Pommes mit ganz viel Essig drüber, inklusive einem Pint Lager. Das verstehen Engländer also unter einem Menü.

Das erinnert mich irgendwie an einen alten Monty-Python-Sketch – aber alles in England erinnert irgendwie an einen alten Monty-Python-Sketch. Bei dem Sketch gibt es in einem Lokal mehrere Varianten Frühstück, zum Beispiel Ham, Egg and Spam. Oder Ham, Spam and Spam. Oder Spam, Spam and Spam. Spam ist gesalzenes englisches Dosenfleisch, das angeblich bei ehemaligen Kannibalenstämmen in der Südsee sehr beliebt ist, da es nach Mensch schmecken soll. Aber wahrscheinlich ist es auch nur Pferd.

Der Kellner kommt, ein älterer Mann in einem karierten Fred-Perry-Hemd, Trainingshose und mit kahlrasiertem Schädel. Er sagt etwas, das ich nicht verstehe und sich anhört wie Sächsisch, nur mit anderen Wörtern. Ich wünschte, ich wäre in Stockholm, da sprechen sie wenigstens richtiges Englisch. Ich nicke einfach und sage, dass ich Fish'n'Chips Variante »three« möchte.

Er sieht mich ernst an. »It's not for free«, sagt er.

Der englische Humor ist wirklich sehr speziell.

Ich sage nochmal »sree« und strecke dabei drei Finger hoch.

Jetzt nickt der Kellner und verschwindet wieder hinter der Theke.

Das ist ganz schön frustrierend. Ich hatte neun Jahre Englisch auf dem Gymnasium. Wobei meine Lehrer jetzt nicht gerade native speaker waren und das »th« ähnlich schlecht aussprechen konnten. Meine Englisch-Lehrerin Mrs Franzen sagte zum Beispiel einmal zu einem Mitschüler, der sie mit Papierkügelchen beworfen hatte: »Go before the door.«

Mein Fish'n'Chips schmeckt dann allerdings ziemlich gut. Und das Lager auch. Als der Kellner den Tisch abräumt und mich fragt, ob »Free« denn geschmeckt habe, sage ich: »No, it tasted like spam.«

Der Kellner sieht mich wieder ernst an, dann bricht er in schallendes Gelächter aus. Wir geben uns High Five und er sagt: »Shut up and go before the door.«

Von meinem Hostel brauche ich mit der U-Bahn circa eine dreiviertel Stunde zum Piccadilly Circus. Langsam hege ich den Verdacht, dass die ausschließlich euphorischen Bewertungen auf hostelworld.*de* gefakt sind. »Very clean«, steht da, und »Best hostel in London, they even tolerate Germans« und »The man at the reception is very sexy«. Heute Morgen bin ich im Badezimmer auf etwas Hartes getreten, das unheilvoll unter meinen nackten Füßen knackte. Zwischen den dichten Haaren des Badezimmerteppichs konnte ich schemenhaft ein zermatschtes Schalentier in der Größe einer Schildkröte erkennen.

Als ich am Piccadilly Circus ankomme, befinde ich mich plötzlich zwischen unzähligen deutschen Teenagern auf Klassenfahrt. Sie machen mit ihren Handys Fotos von den großen Werbetafeln. Das scheint so ein neuer Trend im Tourismus zu sein, die Sightseeing-Spots bestehen jetzt auch aus Werbung. Und in den Fotoalben kleben dann Bilder von den Coca-Cola-Tafeln am Times Square oder dem Sony-Shop am Potsdamer Platz.

»Lass uns jetzt in den Apple Store gehen«, rufen die Schüler und werden überfahren, als sie die Straße überqueren, weil sie in die falsche Richtung gucken.

Am Abend besuche ich wieder meinen Pub. Heute ist die Stimmung besonders ausgelassen.

»Why is everyone so happy?«, frage ich meinen Kellner-Freund, als ich wieder »sree« bestelle.

»It's because Maggy Thatcher died.«

»You didn't like her?«, frage ich erstaunt. Ich dachte, alle Engländer sind stolz auf die Eiserne Lady.

»No, I'm working class, man. The only good thing about her was that the Germans pronounce her name so funny.«

»Satcher«, rufe ich und alle im Pub freuen sich und spendieren mir noch mehr Bier. Beer for free.

Wie die meisten Pubs schließt auch dieser schon um dreiundzwanzig Uhr, und alle wanken fröhlich und betrunken nach Hause. Ich will allerdings noch in einen Londoner Club, in dem laut dem Stadtmagazin *Time Out* Britpop und Indie läuft. Ich habe meine ganze Jugend damit verbracht, Oasis, Blur und Pulp zu hören und mich nach London zu sehnen. Das war zwar 1997, aber vielleicht ist ja in England immer noch Britpop angesagt.

Der Club ist in einem alten Theater untergebracht und kostet zwanzig Pfund Eintritt. Drinnen erwarten mich Horden von besoffenen englischen Teenagern. Die Jungs tragen Trainingshosen und an den Seiten abrasierte Haare und die Mädchen sehr kurze, knallbunte Kleider von Topshop und sehen aus wie in Bonbon-Papier eingewickelt. Je später der Abend, desto mehr Bonbons werden von den Jungs ausgewickelt. Am Ende knutschen alle außer mir.

Ich trinke stattdessen zwei Bier für je sieben Pfund und habe dann kein Geld mehr. Scheinbar ist Britpop in London nur noch bei den Proll-Teenagern angesagt, die Coolen gehen wahrscheinlich zu Post-Dubstep-Partys und hören taiwanesischen Witch-House. Die Musik in dem Club ist trotzdem gut, weil auch die schlechte Musik in England besser ist als die gute Musik in Deutschland. Am Ende werden sogar The Smiths gespielt. Und zwar drei Lieder hintereinander. Ich mag England. Nur hier liegen total besoffene Mädchen in Miniröcken auf dem Diskoboden und singen lauthals bei »Girlfriend in a Coma« mit.

Als ich nachts im Hostel ankomme, ist es wegen akuten Fischbefalls geschlossen. Doch mein Flug zurück nach Berlin mit der billigsten Fluglinie der Welt, die ich aus Diskretion RausAir nennen möchte, geht ohnehin schon in vier Stunden, also mache ich mich gleich auf den Weg zum Flughafen.

Der Flughafen London-Stansted hat eigentlich gar nichts mit London zu tun, sondern liegt irgendwo in Mittelengland, zwei Stunden mit dem Bus von London entfernt. Ich hänge müde auf einer Plastikbank und beobachte ein deutsches Pärchen das mir gegenüber sitzt. Sie tragen beide signalrote Jack-Wolfskin-Regenjacken, randlose Brillen, beige Outdoor-Hosen mit unzähligen Taschen an der Seite und einen schnittigen Kurzhaarschnitt. Ein Phänomen, das ich schon oft beobachtet habe: Je länger zwei Menschen verheiratet sind, desto mehr gleichen sie sich an und desto hässlicher werden sie. Wahrscheinlich können ihre eigenen Kinder sie schon gar nicht mehr unterscheiden. Ich stelle mir einen Dialog beim Weihnachtsessen vor:

»Mama, könntest du bitte die Gans rüberreichen.«

»Aber Sohn, ich bin doch dein Vater«, sagt der Vater.

»Und ich deine Tochter. Aber seit ich mit dem Reinhard verheiratet bin, trage ich auch immer karierte Hemden«, sagt die Tochter.

»Und ich bin auch keine Gans, sondern eine Pute«, sagt der Festtagsschmaus.

Plötzlich eine Durchsage: »Dear Passangers, the flight RausAir 1945 to Berlin-Schonefeld is now ready for boarding.«

Das Doppelgänger-Pärchen springt sofort auf und sprintet zum Gate, wo sich langsam eine Schlange bildet. Ich mache mich gemächlich – wie es die Art des polyglotten Vielfliegers ist – auf den Weg zum Gate.

Dort belagert das Doppelgänger-Pärchen schon eine freundliche Flughafen-Bedienstete: »Schönefeld! Ist das richtig hier?«, ruft der Mann oder die Frau.

Die Flughafen-Bedienstete sagt freundlich: »Yes, that's right. Please wait.«

Die Doppelgänger lassen aber nicht locker und schreien: »Das müssen Sie doch verstehen! Wir wollen nach BERLIN-SCHÖNEFELD.«

Warum denken Deutsche im Ausland, sie müssen nur lauter reden und jeder verstehe dann ihre Sprache?

»Das kapiert die einfach nicht«, schreit die Frau und kratzt sich am Bart. War wohl doch der Mann.

»Nee, das kapiert die dumme Pute nicht«, sagt die Frau.

»Gans«, sagt der Mann. »Aber bald sind wir in Deutschland, da reden die Leute wenigstens wieder richtig.«

Zum Glück haben wir den Krieg verloren, denke ich.

Als ich an der Reihe bin, ist es mir peinlich, der netten Flughafen-Dame meinen deutschen Pass zu zeigen. Sie lächelt mich jedoch freundlich an, bedeutet mir mit ihrem perfekt manikürten Zeigefinger mein Ohr an ihre perfekt belippenstiftete Lippen zu legen und flüstert: »I hate you fucking German wankers. You're still nazis.«

»You're completly right«, flüstere ich zurück und gebe ihr meine Boarding Card. »I hate them, too.«

Die Flughafen-Dame studiert eingehend die Karte und sagt dann: »Could you please read out loud where you are seated. I like your German accent. It's very sexy.«

»Row sirty-sree, seat sree«, hauche ich.

Sie zwinkert mir immer noch lächelnd zu und zerreißt meine Boarding Card in kleine Stückchen. »Enjoy your stay in London.«

Als ich frustriert den Flughafen verlasse, werde ich sofort von einem Auto überfahren, weil ich in die falsche Richtung gucke.

Zuhause

ÜBERALL UND IMMER

Ich spaziere gerade auf der Simon-Dach-Straße in Berlin-Friedrichshain und denke über ein Zitat Martin Heideggers nach, das ich vorhin gelesen habe. Die tiefe Langeweile, so Heidegger, rücke alle Dinge und Menschen in »merkwürdiger Gleichgültigkeit« zusammen. Und »diese Langeweile offenbart das Seiende im Ganzen«. Wenn ich also jeden Tag fünf Stunden lang meinen Computerbildschirm anstarre, denke ich, während ich an der vierten Shisha-Bar vorbeischlendere, wird mir meine Existenz auf dieser wundervollen Welt erst so richtig klar. Es macht doch alles Sinn!

Plötzlich steht ein Mann nur mit einer Netzstrumpfhose, einem String-Tanga und einer blonden Langhaarperücke bekleidet vor mir. Er singt laut: »Das ist Wahnsinn! Warum schickst du mich die Hölle, Hölle, Hölle, Hölle?« Bei den letzten drei Hölles unterstützen ihn grölend fünf andere junge Männer in herkömmlicher Kleidung, die allerdings gelbe Bauarbeiterhelme tragen, an denen auf jeder Seite eine Bierdose befestigt ist, aus denen Schläuche direkt in ihre Münder führen.

Gerade wenn alles perfekt scheint, das Leben endlich

wieder einen Sinn hat, denke ich, kommt ein Junggesellen-abschied. Überall und immer kann es passieren.

»Der Karsten heiratet morgen«, ruft einer von den Helm-Männern, »und jetzt sammelt er Geld, damit er davor noch schnell in den Puff gehen kann. Willst du ihm was in seinen Schlitz werfen.« Karsten streckt mir eine selbst-gebastelte Muschi aus Pappkarton entgegen. Die Männer lachen sehr lange und laut.

Es ist wirklich das größte Rätsel der Schöpfung, warum Männer es seit Anbeginn der Zeit geschafft haben, die Herrscher der Welt zu sein. Entweder ist Gott wirklich ein Mann oder er meint das irgendwie ironisch: »Schaut mal, ich erschaff so einen dummen, triebgesteuerten Idioten und der kontrolliert dann alle großen Wirtschaftsunter-nehmen und wird Präsident der USA. Lol.«

»Ich bin mir gerade nicht hundert Prozent sicher, ob dein Schlitz wirklich eine gute Investition ist«, sage ich zu dem Junggesellen.

»Wir können dich auch verprügeln«, mischt sich einer der Helm-Männer ein.

»Gut, hier hast du fünfzig Cent«, sage ich zu Karsten. »Aber gib nicht gleich alles auf einmal aus.«

Dann landen die Junggesellen-Fäuste in meinem Gesicht.

Am nächsten Tag sitze ich in meinem Arbeitszimmer und starre auf meinen Computerbildschirm. Das fühlt sich so sinnvoll an.

Plötzlich knallt die Tür auf und fünf Männer radeln auf einem Bierbike in mein Arbeitszimmer.

»Das ist der Wahnsinn«, rufe ich erschrocken. »Warum schickt ihr mich in die Hölle?«

»Hölle, Hölle, Hölle, Hölle«, antworten mir die Junggesellen auf dem Bierbike.

»Ich habe gerade in der Langeweile das Dasein so richtig
gespürt, und jetzt stört ihr mich«, rufe ich, während die
Männer eine Runde in meinem Zimmer drehen.

»Für Heidegger ist aber eine andere Stimmung viel wichtiger als die Langeweile, nämlich die Angst«, ruft mir einer
der Junggesellen von dem Bierbike zu. Er setzt sich eine
Hornbrille auf und erst jetzt sehe ich, dass er ein Cordsakko
trägt.

»Die Angst vor dem Nichts meinen Sie hiermit sicher«,
rufe ich zurück, während die Junggesellen weiter ihre Runden in meinem Zimmer drehen und aus ihren Helmen Bier
saugen.

»Erst dadurch entsteht die ursprüngliche Offenheit des
Seienden, dass Seiendes ist, und nicht vielmehr Nichts.«
Der Junggeselle holt eine Pfeife hervor, steckt sie sich in
den Mund und pafft nachdenklich ein paar Züge.

»Diese Angst vor dem Nichts ist, glaube ich, auch der
Grund, warum der Tod für mich so ein wichtiges Thema
ist«, rufe ich, während die Junggesellen in immer kleineren
Ellipsen um mich fahren. »Der positive Aspekt der Freiheit
ist mir bis jetzt allerdings nicht klar gewesen. Nämlich dass
der Tod überhaupt erst möglich macht, dass wir existieren
und dadurch frei werden für das Leben. Danke, dass Sie
mich darauf aufmerksam machen.«

In diesem Moment überfahren mich die Junggesellen
mit dem Bierbike, und ich bin sofort tot.

Meine Freundin steht vor dem offenen Grab, in das gerade
mein Sarg hinuntergelassen wird. Eine Träne kullert über

ihr wunderschönes Gesicht. Plötzlich erklingt ein schiefer Männerchor: »Hölle, Hölle, Hölle, Hölle.«

Der Pfarrer blickt ehrfürchtig gen Himmel und ruft meiner Freundin zu: »Das ist seine Strafe für Sex vor der Ehe!«

Da springen fünf Männer in Superman-Kostümen hinter meinem Grabstein hervor und umkreisen meine Freundin. »Der super Mann Dietmar heiratet morgen«, brüllt einer von ihnen. »Und da wollte er noch schnell besoffen mit einer anderen Frau schlafen. Interesse?«

»Oh, ja, bitte!«, sagt meine Freundin. »Ich kann mir gar nichts Schöneres vorstellen, als mit einem fetten, besoffenen Mann in einem Superman-Kostüm, der am nächsten Morgen heiratet, zu schlafen.«

Ich drehe mich im Grab um.

»Echt, wirklich?«, fragt Dietmar. »Ich hab schon siebenundvierzig Frauen gefragt, aber die haben alle nur gelacht.«

»Das war ironisch«, sagt meine Freundin. »Ihr Männer seid wirklich unfassbar dumm.«

Dann holt sie etwas Kryptonit hervor und die Supermänner fallen sofort tot um.

Zuhause

LANGWEILIG 2 THE RETURN OF THE SONDERANGEBOTS- WÄGELCHEN

»Und, wirkt die Betäubung schon?«, fragt mich der Zahnarzt und nimmt einen riesigen Bohrer in die Hand.

»Mmmhhh«, sage ich.

»Entschuldigung, ich habe Sie nicht verstanden«, sagt der Zahnarzt.

»Mmmhhh«, sage ich.

»Was sagt er?«, fragt der Zahnarzt die Zahnarzthelferin.

»Mmmhhh, Mmmhhh«, sage ich.

»Also, ich verstehe auch nichts«, sagt die Zahnarzthelferin. »Aber der ist eh gesetzlich versichert.«

»Immer diese Patienten, die sich nicht richtig artikulieren können, wahrscheinlich auch einer dieser – wie sagt man – Ausländer.«

»Mmmhhh, Arschloch«, sage ich.

»Dann fangen wir jetzt einfach mit der Wurzelbehandlung an«, sagt der Zahnarzt.

»Mmmhhh, Mmmhhh, Mmmhhh«, sage ich, doch es ist zu spät.

Als ich später die Praxis verlasse, treffe ich die drei Alkis, die nebenan vor dem Späti sitzen. Sie haben ihre Schuhe und

Socken ausgezogen und ihre Füße in kleine Wannen mit Wasser getaucht. Außerdem trinken sie Melonen-Cocktails mit bunten Schirmchen.

»Wir machen Wellness«, sagt der erste Alki.

»Man gönnt sich ja sonst nichts«, sagt der zweite Alki.

»Auch wir müssen mal unseren Akku aufladen«, sagt der dritte Alki. Er nimmt sein Handy und steckt sein Ladegerät ein.

Die Alkis holen noch eine Wanne hervor, ich ziehe meine Schuhe aus und hänge meine Füße hinein.

»Unser alter Freund Godot wollte eigentlich auch vorbeikommen«, sagt der erste Alki und reicht mir einen Schirmchencocktail. »Aber wie immer lässt er auf sich warten.«

»Das ist irgendwie seine Masche«, sagt der zweite Alki.

Wir sitzen eine Weile schweigend vor dem Späti. Das Wasser in den Wannen wird langsam kalt, aber wir rühren uns nicht von der Stelle.

»Ich habe Zahnschmerzen«, sage ich irgendwann.

»Das Leben ist wie eine alte Schreibmaschine«, sagt der erste Alki.

»Du kannst zwar noch darauf schreiben, aber ins Internet kommst du nicht, und deswegen musst du Old-School-Pornohefte am Kiosk kaufen, was ja voll peinlich ist«, fügt der zweite Alki hinzu.

»Mmmhhh«, sagt der dritte Alki.

Da kommt ein Mann um die Ecke. Er hat eine Wasserwanne dabei und setzt sich zu uns.

»Du bist zu spät, Godot«, sagt der erste Alki. Der zweite Alki reicht ihm einen Schirmchencocktail, und Godot trinkt, ohne auf den Vorwurf zu reagieren.

»Ich habe kürzlich in einer Lektürehilfe zu ›Warten auf

Godot‹ gelesen, dass Godot eigentlich Gott sein soll«, sage ich zu Godot. »Oder eben eine Art philosophisches Konzept, das die Sinnlosigkeit und Absurdität des menschlichen Lebens in der Abwesenheit einer übergeordneten Instanz darstellt.«

»Gott kommt aber bestimmt nicht immer zu spät«, unterbricht mich der erste Alki.

»Gott kommt gar nicht, das ist der Unterschied zwischen uns«, sagt Godot schlecht gelaunt.

»Aber im Theaterstück kommst du auch nicht«, gebe ich zu bedenken. Die drei Alkis nicken zustimmend.

»Eigentlich sollte ich noch am Ende auftauchen und sagen: ›Leute, seid ihr blöd, ich stand die ganze Zeit da hinter dem Baum und habe auf euch gewartet, meine Scheiße, war das langweilig.‹ Deswegen hieß die erste Fassung ja auch: ›Godot wartet‹. Aber die Produzenten haben den Schluss rausgeschmissen, weil sie meinten, so ein rätselhaftes Ende würde sich besser verkaufen.«

»Du hättest am Ende auch einfach sterben können«, schlage ich vor.

»Wir drehen jetzt endlich eine Fortsetzung von *Warten auf Godot: Godot Arrives.* 3D. Da hab ich dann eine größere Rolle«, sagt Godot. »Es soll sogar eine Trilogie werden. Der dritte Teil heißt dann: *The Return of Godot.*«

In diesem Moment tritt mein Zahnarzt aus der Praxistür. In den Händen hält er mehrere Snickers, die er sofort verschlingt und mit einer XXL-Dose Red Bull herunterspült. Doch plötzlich nähert sich in seinem Rücken unbemerkt das Sonderangebotswägelchen vom Drogeriemarkt. Es nimmt allen Schwung zusammen und überrollt den Kopf des Zahnarztes. Als wäre nichts geschehen, biegt es schließlich um die nächste Straßenecke und ist wieder verschwunden.

Die drei Alkis, Godot und ich rennen sofort zum Zahnarzt, der blutüberströmt auf dem Gehweg liegt.

»Haben Sie sich verletzt?«, rufe ich.

»Mmmhhh«, sagt der Zahnarzt.

»Entschuldigung, ich habe Sie nicht verstanden«, sage ich.

»Mmmhhh«, sagt der Zahnarzt.

»Es scheint ihm gut zu gehen«, sage ich, »wir müssen keinen Krankenwagen rufen.«

»Mmmhhh, Mmmhhh«, sagt der Zahnarzt.

»Wir sind im Urlaub«, sagt der erste Alki, »da wollen wir nicht mit so etwas belastet werden.«

Wir gehen wieder zurück zu unseren Wannen und schlürfen einen neuen Schirmchencocktail. Godot ist eingeschlafen und schnarcht leise.

»Wenn ich hier so mit euch in der Sonne sitze, scheint das Leben gar nicht so sinnlos«, sage ich.

Plötzlich stürmen drei Männer in Ritterrüstung aus dem Späti und zerteilen mich mit ihren Zauberschwertern. Ich bin sofort tot.

»Langsam wird es wirklich langweilig, wenn Sie am Ende Ihrer Texte immer sterben«, sagt Sigmund Freud. »Ich vermute zudem, dass Sie damit etwas kompensieren, ich tippe da auf verdrängte Gewalt in Form von Kriegsspielen in der Kindheit, ich schlage vor, Sie kommen jetzt täglich zu unseren Sitzungen, damit ...«

Da fällt Sigmund Freud von seinem Sessel und ist sofort tot.

LINE

»*Das Seltene ist nicht, dass jemand verzweifelt ist; nein, das Seltene, das überaus Seltene ist, dass jemand es in Wahrheit nicht ist.*«

Sören Kierkegaard

Sören Kierkegaard verbrachte fast sein ganzes Leben in Kopenhagen, und doch schrieb er ein Buch über Verzweiflung. Das kommt mir seltsam vor, da ich mir nicht vorstellen kann, in Kopenhagen verzweifelt zu sein. In Kopenhagen steht die Sonne den ganzen Tag golden über den Dächern der altehrwürdigen Häuser, als wäre ein lauer Sommerabend. Alles ist klar in Kopenhagen: Die reine Luft, der hellblaue Himmel, die Gesichter der gutaussehenden Dänen und Däninnen und das berühmte dänische Design.

Und vieles ist anders als in herkömmlichen europäischen Großstädten. Zum Beispiel wird nicht gern Auto gefahren. Jedenfalls werden wir, als wir mit dem Auto Kopenhagen erreichen, sofort von unzähligen Fahrradfahrern überholt. Wir stehen nämlich im Stau – es gibt nur eine Spur auf der Stadtautobahn, die restliche Fahrbahn wurde als Fahrradweg umgebaut –, und im Sekundentakt rasen gutaussehende Dänen auf pastellfarbenen Rädern in unglaublicher Geschwindigkeit an uns vorbei. Sehr oft sind es auch so genannte Christiania-Bikes; in den großen Kisten, die auf das niedrigere Vorderrad montiert sind, sitzen entweder zwei bis fünf Kinder oder schwangere Frauen, die von ihren Männern umherkutschiert werden. Dabei lächeln alle glücklich. Ihre blonden Haare glitzern gülden im ewigen Abendlicht.

»Ich fühle mich unzulänglich«, sage ich zu meiner Freundin, als wir an unserer wunderschön klar eingerichteten Ferienwohnung ankommen. »Wir besitzen weder ein Fahrrad, noch ein blondes Kind.«

»Wir können uns von dort eins borgen.« Meine Freundin deutet auf eine Horde blonder Kinder auf einem Spielplatz gegenüber.

»Das wird uns niemand abnehmen, wir haben doch beide dunkelbraune Haare«, gebe ich zu bedenken.

»Ich meinte den Fahrradverleih dahinter«, sagt meine Freundin.

Also holen wir uns erst zwei Fahrräder, eins davon ein Christiania-Lastenrad, vom Fahrradverleih – und dann auch noch ein Kind vom Spielplatz. Die Leihgebühr ist zwar sehr hoch, dafür gibt's das Kind umsonst dazu. Ich vermute, dass es etwa vier Jahre alt ist. Aber ich bin da schlecht im Schätzen. Jedenfalls ist es größer als unsere Katze, wenn man sie auf die Hinterbeine stellt.

Als Nachteil erweist sich schnell, dass das Kind kein Deutsch spricht und wir seinen bzw. ihren Namen nicht herausbekommen.

»Wir könnten es Line nennen«, schlage ich vor. »Line Lehmann finde ich schön, und bei diesen langen Haaren handelt es sich bestimmt um ein Mädchen.« Meine Freundin nickt zustimmend, und wir hieven das Kind in die Kiste vorn am Fahrrad. Es wehrt sich nur ein bisschen. Als es endlich drin sitzt und ich ihm eine Literflasche Cola reiche, ist es sofort zufrieden.

Wir fahren in die Innenstadt Kopenhagens. Alle jungen Eltern, die uns entgegenradeln, lächeln uns freundlich an – wir gehören dazu. Anscheinend findet niemand unsere Haarfarbe verdächtig, wahrscheinlich weil die Dänen total tolerant sind und uns für eine Patchworkfamilie halten. Eigentlich noch besser.

Auch mit dem Kind können wir uns inzwischen ganz gut verständigen, Dänisch und Deutsch sind ziemlich ähnlich, und das Kind lernt schnell. Es kann schon »eine neue Cola, bitte« sagen und »Fahrrad« und »schneller«, und sogar »Patchworkfamilie« geht gut über die Lippen.

Als es auf die Toilette muss (die Cola!), stellt sich heraus, dass es doch ein Junge ist. Vermute ich immerhin, ich bin da schlecht im Schätzen. Es sieht jedenfalls anders aus als bei unserer Katze, wenn sie aufs Klo geht.

Am Abend in der Ferienwohnung hat sich Line schon an uns gewöhnt. Wir bringen ihn ins Bett, ich lese ihm noch aus *Wir Kinder aus Bullerbü* vor, und schon ist er eingeschlafen. Trotz der vier Liter Cola, die er den Tag über getrunken hat.

»Gute Nacht, Line«, flüstere ich ihm ins Ohr.

Er rülpst ganz leise. Vielleicht morgen doch nur zwei Liter.

Am nächsten Tag kaufe ich Line einen kleinen Plüschelch und gehe dann mit ihm auf den Spielplatz. Natürlich nicht auf den, wo wir ihn gestern geborgt haben.

»Oh schön, eine echte Patchworkfamilie«, sagt ein Vater mit überaus gepflegtem Dreitagebart und bewundert Line und mich.

»Sie sprechen Deutsch?«, frage ich.

»Ja, ich habe kürzlich einen Intensivkurs gemacht«, sagt der Vater. »Wie heißt denn Ihr Sohn?«

»Line«, sage ich, »wir haben leider zu spät herausgefunden, dass es ein Männchen ist.«

Line kommt zu uns gerannt. »Papa«, ruft er und umarmt mich. Ich bin sehr gerührt und muss ein wenig weinen.

»Willst du mir jetzt aus *Die Krankheit zum Tode* von Sören Kierkegaard vorlesen?«, fragt Line, »Spielen find ich echt langweilig.«

Verdutzt schaue ich den Dreitagebart-Vater an. »Ist das normal?«, frage ich leise.

»Alle Kopenhagener Kinder sind überdurchschnittlich intelligent«, sagt er. »Das liegt an der klaren Luft und dem Fahrradfahren. Meine achtjährige Tochter hat gerade ihr Medizinstudium beendet.«

Später, wieder zuhause, koche ich das Lieblingsgericht meiner Freundin und mir: Döner mit Salat. Na gut, ich habe es nicht gekocht, sondern nur aus der Alufolie ausgepackt, ich fühle mich trotzdem als Hausmann. Aber als ich die Döner serviere, schaut mich Line nur angewidert an.

»Das ist nicht dein Ernst, Papa?«, sagt er. »Das ist doch total ungesund.«

»Deswegen gibt es ja auch Salat dazu«, ruft meine Freundin und reicht Line den Wurstsalat, den wir noch von der Herfahrt übrig haben.

»Ihr seid doof«, sagt Line, springt auf und rennt in sein Zimmer.

»Aber unsere Cola trinkst du!«, rufe ich ihm noch hinterher.

Meine Freundin und ich sehen uns an.

»Wir müssen ihn loswerden«, flüstert sie.

Ich nicke.

Dichter Nebel hängt am nächsten Morgen über Kopenhagen, und ein Geruch nach verfaultem Fisch liegt in der Luft. Wir stehen vor unserer Ferienwohnung, zur Abreise bereit. Line hält meine Hand, den Plüschelch unter seinen Arm geklemmt, und sieht mich mit seinen großen, blauen Augen an. Die Kopenhagener, die an uns vorbeiradeln, schauen verbissen und vielleicht sogar ein wenig verzweifelt.

»Verzweiflung«, zitiert Line leise Kierkegaard, »deutet auf jene unendliche Aufrichtigkeit oder Erhabenheit hin, dass der Mensch Geist ist.«

»Es gibt keine Gespenster«, beruhige ich Line. So intelligent scheint er doch nicht zu sein.

»Also dann, mein Schatz, geh spielen!«, sagt meine Freundin zu ihm. Sie schubst ihn in Richtung des Spielplatzes.

»Nachher lese ich dir auch noch ein bisschen Heidegger vor, versprochen«, sage ich und stecke ihm zwanzig Euro zu. Unsicher stolpert er zum Klettergerüst. Eine Träne kullert seine Wange hinunter. Ein wenig traurig bin ich jetzt auch.

»Nicht verzweifeln«, rufe ich ihm noch hinterher, dann verlassen wir Kopenhagen auf dem schnellsten Weg. Mit dem Fahrrad.

Freiburg früher
JENSEITS
DES KANALS

Manchmal genügt ein Lied, das ich lange nicht mehr gehört habe und mir früher viel bedeutet hat und schon bin ich in die Vergangenheit versetzt, stehe in einem Garten in Freiburg, ein leeres Bier in der Hand, vor mir ein kleiner Grill – wie alt bin ich überhaupt? Sechzehn, siebzehn, achtzehn? Die neunziger Jahre wahrscheinlich noch, aber ganz am Ende.

Florian kommt aus der Laube gestolpert, eine Bierflasche in der Hand, dazu eine nichtangezündete Zigarette im Mundwinkel. Hinter uns plätschert der kleine Bach. Es riecht nach Gras, normales Gras, nicht das, was man rauchen kann, und ich muss niesen. Einer der eifrigen Nachbargärtner hat wohl den Rasen gemäht heute Morgen. Später wird es noch regnen, dann wird es mir besser gehen.

Seit Jahren haben wir uns nicht mehr getroffen, doch das meine ich nicht wehmütig. Ich bin froh darüber, wir hatten uns nichts mehr zu sagen die letzten Male. Aber hier im Schrebergarten, mit dem Grill, dem alten Radio, den Sträuchern und den zugewucherten Beeten, da sind wir noch Freunde.

»Das Feuer geht nicht an«, sage ich und puste ein wenig in die Kohlen. Vereinzelt glühen kleine rote Stellen auf.

»So wird das nichts.« Florian verschwindet abermals in der Laube, es rumpelt, und er kommt mit einem antiquierten Blasebalg wieder heraus. Er stellt sich vor den Grill und drückt die zwei hölzernen Enden des Geräts zusammen. Ein schwacher Luftzug lässt die Kohlen aufglühen.

»Na, dann, viel Spaß«, sage ich und grinse Florian an. Es ist schwül heute, und ihm treten sofort Schweißperlen auf die Stirn. Ich gehe zu dem kleinen Bach hinter der Laube. Eigentlich ist es gar kein echter Bach, sondern eine Art schmaler Kanal, der durch die ganze Schrebergartenanlage führt, zum Bewässern der Pflanzen wahrscheinlich, was weiß ich – wir sind hier nicht, um Blumen zu gießen.

Der Bach markiert gleichzeitig die hintere Grenze des Gartens; auf der anderen Seite, also nicht einmal einen Meter von mir entfernt, beginnt die Nachbarparzelle. Viel kann ich davon nicht sehen, dichtes Gestrüpp und eine mannshohe Hecke versperren den Blick. Schrebergärtnern ist ihre Privatsphäre heilig, auch wenn sie inmitten von anderen Gärten, für alle sichtbar, ihr kleines Reich bewirtschaften. Aber alle machen es so, und deswegen ist die Illusion perfekt.

»Was machst du da hinten?«, höre ich Florian rufen. Das gleichmäßige Pumpen des Blasebalgs dringt bis zu mir hinter die Laube.

»Nichts.«

»Pass auf, dass dich der Blockwart nicht erwischt, wenn du in den Bach pisst.«

»Ich pisse nicht in den Bach. Aber gut, dass du so laut schreist, dann bekommt es gleich jeder mit.«

Florian nennt einen älteren Mann, zwei oder drei Parzellen weiter, immer »den Blockwart«, weil der sich mal beschwert hat, dass der Apfelbaum vorne im Garten zu hoch sei oder das Gras nicht ordnungsgemäß gemäht oder sonst was. Meine Eltern haben nicht viel Zeit für den Garten, und Florian und ich kümmern uns auch nicht gerade besonders viel um die Pflanzen. Wir grillen hier. Wir trinken Bier. Wir hören laut Musik. Der Blockwart regt sich nicht umsonst auf.

Ich tunke meinen nackten Fuß ins kalte Wasser. Die angenehme Kälte zieht bis in meinen Oberschenkel hinauf. Bald kommt meine Freundin in den Garten. Wir sind schon lange nicht mehr zusammen, aber jetzt freue ich mich darauf, sie zu sehen. Ein paar andere Freunde kommen auch, doch bis dahin ist noch ein wenig Zeit. Ein wenig Zeit, bis die Glut im Grill richtig glühen muss.

Ich höre Kindergeschrei aus einem anderen Garten, aber wahrscheinlich brechen sie bald auf. Meistens sind wir abends die einzigen in der Anlage. Die anderen Gärtner sind nur tagsüber hier, fast alles Rentner, die Tomaten und Kopfsalat anbauen, und ein paar Familien mit Kindern, die die so genannte Natur genießen wollen. Abends beschwert sich nie jemand, selbst der Blockwart ist nach Hause gegangen, schaut »Wetten, dass …« oder das »Aktuelle Sportstudio«, und wir können in Ruhe grillen, Musik hören und in den Bach pissen.

»Gibst du mir mal ein Bier?« Florian ist hinter die Laube geschlendert, den staubigen Blasebalg in einer Hand. Wir nutzen den Bach zum Bier kühlen, ein paar grüne Flaschen liegen von Steinen am Wegschwimmen gehindert vor meinem Fuß im kalten Wasser. Ich fische eine heraus und gebe sie Florian. Er trägt immer noch die nichtangezündete Zigarette im Mundwinkel.

»Was macht die Glut?«

»Es wird, es wird.« Florian grinst mich an, und ich grinse zurück.

Man braucht jemanden, mit dem man durch die Schule kommt. Jemanden, der so ähnlich denkt wie man selbst. Jemanden, der nicht fragt, nachdem man eine schlechte Klausur zurückbekommen hat: »Und was hast du?« Sondern jemanden, der einen angrinst, mit einem fertig gedrehten Joint in der Hand. Und das ist Florian für mich – und wahrscheinlich bin ich das für ihn.

Ich versuche eine Fliege, die sich auf meinen Nacken gesetzt hat, zu erschlagen, erwische sie aber nicht. Florian lacht ein fast tonloses Lachen und verschwindet wieder nach vorne zum Grill, schwüle Luft in den Grill pumpen.

Langsam steige ich auch mit dem zweiten Fuß in den Bach und wate ein wenig flussaufwärts. Im Nachbargarten links von unserer Parzelle haben wir noch nie jemanden gesehen. Sie ist ziemlich gepflegt, der Rasen gestutzt, die Beete geharkt. Wahrscheinlich kommen die Besitzer nur morgens hierher, wenn wir noch in der Schule sind. Florian meint, dass die bestimmt einen Gärtner haben, der für sie den Schrebergarten bewirtschaftet, aber auf sowas kommt auch nur Florian.

Inzwischen spüre ich die Kälte des Wassers gar nicht mehr, nur eine leichte Taubheit. Ein Regentropfen tropft auf meinem Arm, und ich schaue nach oben. Die Wolken werden dichter und dunkler, der Wetterbericht hatte doch recht. Aber Florian glaubt keinem Wetterbericht. Florian glaubt grundsätzlich niemandem, der für sich eine gewisse

Autorität in Anspruch nimmt. Man könnte meinen, er hätte dadurch Probleme mit den Lehrern, doch es ist genau andersrum: Die Alt-68er-Pädagogen finden genau das gut, ein bisschen Autorität in Frage stellen, das ist irgendwie immer noch ihr Ding. Später wird mir Florian dann ziemlich auf die Nerven gehen mit seinem ewigen Protestieren und Abgrenzen gegenüber allem und jedem. An diesem Tag im Schrebergarten bewundere ich ihn noch dafür.

Im letzten blauen Himmelstück taucht plötzlich ein kleines Flugzeug auf. Natürlich ist es nicht klein, nur weit weg und nach zwei Sekunden wieder hinter der nächsten Wolke verschwunden. Ich muss daran denken, wie ich zum ersten Mal geflogen bin, nach Schweden. Meine Eltern wollten mit mir Elche beobachten im Wald, aber wir haben leider keine gesehen. Im Flugzeug durfte ich natürlich am Fenster sitzen, und anders als heute war der Himmel klar, keine Wolken verdeckten die Sicht auf das Land unter mir. Ich sah die ganze Zeit aus dem Fenster, doch ich war gar nicht beeindruckt oder so, sondern irgendwie entsetzt. Deutschland sah aus wie ein grün-brauner Flickenteppich aus kleinen Vier- und Rechtecken. Konnten das wirklich der Wald, die Wiesen sein, wo ich mich sonst, wenn ich mittendrin war, oft verlief und mich verloren fühlte? Von oben schien Deutschland klar strukturiert, parzelliert, wie – denke ich jetzt – eine Schrebergartensiedlung.

»Hey, bist du in dem scheiß Bach ertrunken, oder was? Mir fallen gleich die Arme ab.«

Ich sehe zu Florian, der immer noch mit dem Blasebalg in den Händen vor dem Grill steht, doch sein Pump-Elan ist schon längst verflogen. Stattdessen raucht er endlich seine Zigarette. Auf eine Antwort von mir scheint er nicht zu warten.

Irgendwo bellt ein Hund. »Hunde sind nur angeleint auf der Anlage erlaubt.« Natürlich hält sich niemand daran. Ein weiterer Regentropen, dieses Mal auf den anderen Arm.

Ein Jahr noch. Dann sind wir endlich fertig. Florian denkt jetzt schon an nichts anderes mehr. Und ich eigentlich auch. Nach der Schule beginnt der Ernst des Lebens, sagen sie, die Eltern, die Lehrer – und wir selber sagen es auch ständig. Aber manchmal, jetzt zum Beispiel, wie ich mit tauben Füßen im Bach stehe, kommt es mir so vor, als seien wir schon mitten drin im sogenannten Ernst des Lebens. Denn später ist es genau das hier, was uns zu dem gemacht hat, was wir sein werden.

Ich steige aus dem Bach ins hohe Gras des Schrebergartens. Das sollten wir auch dringend mähen. Langsam spüre ich meine Füße wieder und gehe zu Florian, der gerade seine aufgeraudchte Zigarette in die inzwischen ganz ansehnliche Glut wirft.

»Gleich müssten sie kommen.«

»Sieht ja auch schon ganz okay aus, die Glut.« Ich nehme Florian den Blasebalg aus der Hand und puste ein wenig schwüle Luft in die Kohlen.

Florian sieht skeptisch nach oben. »Regnet bestimmt nicht«, sagt er aber. Und er glaubt es wirklich. Florian glaubt sich selbst grundsätzlich immer – und den anderen nicht. Mir glaubt er manchmal, wenn ich wirklich hartnäckig versuche, ihn zu überzeugen. Auch das wird mir später auf die Nerven gehen.

Langsam dämmert es. Der Sommer neigt sich schon dem

Ende zu, und es wird wieder früher dunkel. Die Anlage liegt vollkommen ruhig, kein Kindergeschrei mehr zu hören, keine Hunde, nur das Plätschern des kleinen Bachs.

»Alles menschenleer«, sage ich. »Nur wir sind noch da.«

»So sieht's aus.« Florian nimmt den Rost aus dem Gras und platziert ihn auf den Grill.

»Meinst du nicht, dass das noch zu früh ist?«

»Man kann es drehen und wenden, wie man will«, sagt Florian und legt etwas auf den Grill.

Und für einen kurzen Moment stand die Zeit still.

Wir hören eine Fahrradklingel, bremsende Reifen im Rollsplit des Hauptwegs der Schrebergartensiedlung. »Fahrradfahren ist auf der Anlage strengstens verboten.« Natürlich kümmert das ebenfalls niemanden.

Dann stehen unsere Freunde vor dem Gartentor, meine Freundin. Ich schaue zum Grill. Die Steaks brutzeln.

»Die Glut ist perfekt«, sage ich zu Florian. Er nickt und zwinkert mir zu, als wollte er mir sagen: Na, klar! Was hast du denn gedacht?

In diesem Moment fängt es an zu regnen.

Zuhause

MORGEN WERDE ICH VEGETARIER

Meine Freundin hat die Vegi-Bibel *Tiere essen* von Jonathan Safran Foer zum Geburtstag geschenkt bekommen. Ich glaube, niemand hat dieses Buch jemals selbst gekauft. Es ist nur dafür geschrieben worden, damit es böse Menschen zum Geburtstag verschenken können, um damit das Leben ihrer Freunde zu ruinieren.

»Dieser blöde Safran Foer wird mich nicht überzeugen, Vegetarier zu werden, ich esse gern Fleisch, und das wird auch so bleiben«, sagt meine Freundin zu mir, als sie das Buch aufschlägt. Sie beginnt zu lesen. Am nächsten Tag ist sie Vegetarierin. Sie würde höchstens noch Fleisch von glücklichen Rindern oder Schweinen essen, die Namen wie Grunzi oder Eberhard tragen, eines natürlichen Todes gestorben sind, nach drei Wiederbelebungsversuchen von vier verschiedenen Veterinärärzten für Hirntod erklärt wurden und vorher bei vollem Bewusstsein einen Organspendeausweis für Tiere unterschrieben haben, der regelt, dass Menschen sie unter Umständen essen dürfen, wenn ihr Leben davon abhinge.

»Keinen duftenden Döner, keinen würzigen Wurstsalat und keine frischen Fischstäbchen mehr«, versuche ich meiner Freundin das Wasser im Mund zusammenlaufen zu lassen, als wir am reichhaltig mit Fleischspeisen gedeckten Frühstückstisch sitzen.

»Weißt du eigentlich?«, fragt sie unbeeindruckt, »dass Hennen in Legebatterien nur zehn Zentimeter Platz haben, dass erwiesen ist, dass das Aufsichtspersonal in Massentierhaltungsbetrieben die Tiere absichtlich quält, und dass Lachse aus den Augen bluten, weil das Wasser so dreckig ist, in dem sie gehalten werden?«

Ich lasse meine Geflügelleberwurststulle, auf die ich auch noch einige Scheiben geräucherten Lachs gelegt habe, sinken. Meine Freundin lächelt mich an, nimmt einen Biss von ihrem Biokäsebrot und schiebt das böse Buch über den Frühstückstisch. Wenn Line wüsste, wie gesund sie sich jetzt ernährt, er wäre stolz auf sie.

»Essen sie in Skandinavien eigentlich auch Elche?«, frage ich.

»Aber sicher, alle Tiere werden irgendwo von irgendjemandem gegessen«, sagt sie.

Ich sitze noch lange am Tisch, vor mir die angegessene Stulle und das Buch in seinem geschmackvollen grünen Einband. Soll ich es wirklich lesen? Schon der Titel ist ziemlich perfekt: »Tiere essen«. Natürlich war mir immer klar, dass das Schnitzel irgendwann mal ein Schwein war, man konnte das jedoch immer gut verdrängen, schließlich gibt es ja keine Leberwurstrinder oder Salami-Baguette-Hühnchen. Die Burger-King-Werbung vor ein paar Jahren, als Kühe seitwärts umfielen und sich im Umfallprozess zu Burgerfleisch verwandelten, hatte auch keinen durchschlagenden Erfolg und verschwand schnell wieder. Man sollte als Fleischesser lieber nicht daran erinnert werden, dass auch aus unserer Katze theoretisch ein saftiges, in diesem Fall ziemlich fettiges, Steak werden könnte.

Am Abend im Bett schlage ich das Buch dann doch auf. Werde ich morgen Vegetarier sein? Ich beginne das Vorwort zu lesen, bis zu dem Satz: »Etwa achtundneunzig Prozent aller Hühner und Schweine, die für den Verzehr bestimmt sind, stammen in Deutschland aus Massentierhaltung – das sind über fünfhundert Millionen Tiere im Jahr.« Plötzlich bin ich sehr müde und muss das Buch wieder aus der Hand legen.

In dieser Nacht träume ich, wie ich in meinem Dönerladen des Vertrauens am Dönerspieß hänge und der Dönermann diabolisch grinsend auf mich zu kommt, in der Hand ein langes Dönermesser, und schließlich beginnt, meine Haut abzuschaben. Ich schreie vor Schmerzen laut auf. Und da erkenne ich auch das Gesicht des Dönermanns: Ich bin es selbst, der mich tötet.

Schweißgebadet wache ich auf. Ich sehe mich im dunklen Zimmer um. Auf dem Nachttisch liegt das Safran-Foer-Buch. In der Dunkelheit leuchtet es grün.

Am nächsten Morgen beiße ich trotzig von meiner Lachs-Leberwurststulle ab. Es ist die von gestern, und mir wird sofort übel. Neben mir liegt das böse Buch. Ich habe vorhin immerhin schon die Pressekommentare auf der Rückseite gelesen. Besonders verstörend fand ich den Kommentar einer so genannten Frauenzeitschrift*: »Frauen mögen keine Männer, die Fleisch essen.«

---

* Warum tragen eigentlich Frauenzeitschriften immer altdeutsche weibliche Vornamen – Brigitte, Petra? Männerzeitschriften heißen dagegen GQ oder Playboy. Ich gründe jetzt eine Männerzeitschrift, die Walter oder Eberhard heißt.

Aber ich werde das Buch noch ganz lesen. Es kann doch nicht sein, dass ich als Pazifist, Elchliebhaber und neuerdings Katzenbesitzer weiter bedenkenlos Fleisch esse. Ich könnte auch selbst nie ein Tier töten. Außer vielleicht Spinnen. Wenn ich nicht solche Angst vor ihnen hätte. Aber Spinnen sind ja auch gar keine richtigen Tiere, sondern eher so eine Art Aliens.

Sofort muss ich das Buch allerdings nicht lesen. Ich beiße noch mal von der Leberwurststulle ab, und mir wird wieder schlecht. Ich lege einige Scheiben Salami und etwas Serrano-Schinken darauf, jetzt geht es.

Auf ein paar Tage kommt es auch nicht mehr an. Schließlich sind die Tiere, die ich heute esse, ja schon längst tot und werden auch nicht mehr lebendig, wenn ich sofort das Buch lese. So komme ich bestimmt noch auf ein paar Tage Fleischkonsum. Und wenn ich einfach das ganze abgelaufene und umdatierte Fleisch bei Real oder Lidl kaufe, schaffe ich bestimmt noch mehrere Wochen.

Morgen fange ich an das Buch zu lesen, denke ich und sehe es an, wie es grün schimmernd auf dem Tisch liegt. Ganz sicher. Morgen.

Epilog – Der Morgen

Ich stehe vor dem Dönerladen meines Vertrauens und blicke lange den rotierenden braunen Fleischberg an. Der Dönermann mit seinem freundlichen Schnurrbart lächelt mich an. Er sieht ein wenig aus wie der Bruder des Späti-Verkäufers.

»Mein Freund«, sagt er schließlich, »jetzt stehst du

schon zwei Stunden hier und hast immer noch nichts bestellt. Willst du keinen leckeren Döner?«

»Ich bin Vegetarier«, flüstere ich, denn inzwischen habe ich das Buch gelesen. Es ist eben doch noch morgen geworden. »Also, fast, eher so ein Flexi-Vegi, richtig gutes Biofleisch würde ich vielleicht noch essen, und so ein Salat mit Putenstreifen …«

Der Dönermann betrachtet mich misstrauisch.

»Aber billiges Dönerfleisch esse ich ganz bestimmt nicht«, sage ich. »Das kommt doch alles aus Massentierhaltung, da haben die Tiere ja nicht einmal mehr einen Namen.«

»Bei mir haben alle Döner einen Namen«, sagt der Dönermann und deutet auf eine eben fertiggestellte Dönertasche. »Der hier heißt zum Beispiel Eberhard.«

»Und wie heißt die nette Falafel da hinten?«, frage ich.

»Das ist Brigitte«, sagt der Dönermann. »Sehr gute Wahl.«

Zuhause
MY IRONIC WEDDING

Es ist passiert: Meine Freundin und ich sind zu einer Hochzeit eingeladen. Wir werden wirklich alt, und unsere Freunde werden auch alt, und deswegen versuchen sich alle fest an jemanden zu binden, man will ja später nicht allein Tatort gucken oder sterben. »Außerdem muss man ja auch an die Kinder denken«, sagen die Freunde, die tatsächlich an nichts anderes mehr denken. Allerdings meinen sie das Heiraten anscheinend trotzdem irgendwie ironisch. In der Postmoderne kann man nicht mehr einfach heiraten, man kann höchstens noch »heiraten«. Oder *heiraten*.

Auf der Hochzeitseinladung, die natürlich nur eine formlose Email ist, steht: »Wir wollen Steuern sparen und die Partner-Bahncard.« Vielleicht sind meine Freundin und ich doch nicht so alt, wir zahlen ja nicht mal Steuern, weil wir immer noch zu wenig verdienen.

Jedenfalls stellt sich vor solch einem Anlass mal wieder die Kleiderfrage: Habe ich jetzt endlich das Alter erreicht, Anzug und Krawatte zu tragen? Und zwar ganz unironisch? Ja, entscheide ich, und werfe mich in meinen schwarzen, eng geschnittenen Anzug, mit schmaler, ebenfalls schwarzer Krawatte.

»Jetzt siehst du wie der Gitarrist einer Emo-Band aus«, sagt meine Freundin, als ich ihr meinen Hochzeitslook vorführe.

»Ich hatte mehr an Jean-Paul Belmondo gedacht«, sage ich.

»Nee, eher einer von My Chemical Romance. Und sind das Kajalränder oder dunkle Augenringe?«

Ich sehe nach, was auf der Einladung als Kleiderordnung angegeben ist, aber dort steht nur »Kleidung: Erwünscht.« Vielleicht ist die ganze Hochzeit ironisch gemeint und der Pfarrer fragt nachher: »Wollen Sie diesen Typen hier wirklich zum Mann nehmen und nicht lieber mich? Fuck with the priest, yeah!« Und dann ziehen sich alle aus, tanzen zu Hits aus den achtziger Jahren und schnupfen Koks von der Hochzeitstorte, die natürlich ein billiger Fertig-Kuchen von Schneekoppe ist.

My Ironic Wedding. Wäre auch ein super Name für eine Emo-Band.

So schlimm wird es dann doch nicht, eigentlich ist es ein schönes Hochzeitsfest. Schon am Eingang werde ich für den Sänger von 13 Seconds To Mars gehalten und muss Autogramme auf Unterarme und Brüste geben. Später erzählen die Väter der Brautleute lustige Anekdoten aus der Kindheit und wie der Bräutigam beim Rückwärtseinparken seine zukünftige Frau umgefahren hat. »Ach nee, das war ja noch die davor«, sagt der Vater dann, und alle Gäste lachen höflich und feiern fröhlich.

Mein Freundin flüstert mir ins Ohr: »Lass uns nie heiraten, dein Vater hält bestimmt auch so peinliche und langweilige Reden. Mein Dad würde dagegen voll geil reimen.«

»Mein Vater ist ja wohl der viel größere Dichter!«, rufe

ich. »Bei jedem Familienfest haut er seine fetten Ryhmes raus, Bitch.«

Meine Freundin springt auf: »Das glaube ich nicht, mein alter Herr ist Deutschlehrer und rockt jedes Jahr das Schulfest mit seinen krassen Texten, Motherfucker.«

In diesem Moment wirft die Braut ihren Brautstrauß in die Menge – und meine Freundin fängt ihn.

»Das war keine Absicht«, ruf sie entsetzt.

»Ich hol mal Bier«, sage ich und summe leise vor mich hin: »Warum schickst du mich in die Hölle, Hölle, Hölle Hölle.«

Einen Monat später:

Es ist schon wieder passiert. Meine Freundin und ich sind Gäste einer Hochzeit. Es ist unsere eigene.

Plötzlich steht ihr Vater auf: »Check this out«, ruft er. »Kaum zu glauben aber wahr, meine Tochter heiratet diese Pussy da.«

Er deutet auf mich, aber schon springt mein Vater auf den Tisch und ruft: »Heute haben sie sich getraut und sich das Leben versaut.«

Die Hochzeitsmenge lacht laut auf, und meine Mutter feuert ihren Ehemann an: »Yo, Alter, gib's ihm.«

Ich werfe meiner Freundin – also Frau, heißt sie ja jetzt – einen triumphierenden Blick zu, mein Vater ist einfach der König des Väterwitzes, aber ihr Dad dreht seine Baskenmütze nach hinten, macht ein paar Hip-Hip-Moves mit seinen Händen und fängt an zu rappen:

»Throw your hands up in the air for the poems-fight on the Hochzeit, Vater von Sebastian, da kannst du dich schnell verziehen, meine Ryhmes sind besser als die von Hölderlin.«

»Yo«, ruft mein Vater und reißt sich sein Holzfällerhemd von der Brust. »We're the Leeman-type, tut mir leid

Deine Tochter ist voll dirty, man,

sei froh, dass sie meinen Sohn heiraten can.«

Und schon steigt wieder mein Schwiegervater ein:

»Look at your son, he dresses like a gay nun.«

Alle Hochzeitsgäste lachen, und ich zeige auf meinen schönen schwarzen Anzug. Dann springen sie von ihren Stühlen auf und legen einen Fight-Dance hin wie im Thriller-Video von Michael Jackson.

Drei Stunden später:

Meine Freundin und ich liegen im Bett in unserem Schlafzimmer. Wir haben beschlossen, trotz unserer Hochzeit einfach weiter zu machen wie bisher, deswegen nenne ich meine Freundin auch weiterhin *Freundin* und sie mich *Versager*.

Plötzlich knallt die Tür zu unserem Schlafzimmer auf und fünf besoffene Junggesellen radeln auf einem Bierbike herein.

»Deine Freunde sind wirklich die Hölle«, sagt meine Freundin.

»Hölle, Hölle, Hölle, Hölle«, rufe ich, springe auf das Bierbike auf und fahre mit den Junggesellen zur Simon-Dach-Straße.

VIN DIESEL KAUFT SICH EINE HOSE UND GEHT MIT MIR ESSEN

Natürlich fahren meine Freundin und ich auch nicht in die Flitterwochen. Stattdessen besuche ich Vin Diesel, der gerade in New York einen Film dreht.

Dieses Mal lande ich am anderen Flughafen, nicht JFK, sondern Newark, und seit einer halben Stunde warte ich dort am Gepäckband, das immer noch kofferlos seine Runden dreht. Ich denke an mein erstes Buch. Da erzähle ich nämlich von einer Reise, auf der mein Gepäck verloren ging – von einer Fluglinie, die ich der Diskretion halber nur DifficultJet nennen möchte. Der verschwundene Koffer als Allegorie für die Heimatlosigkeit des Individuums in der postmodernen Gesellschaft. Ganz schön gut. Nur hat das leider kein Kritiker erkannt. Es gab ohnehin keine Kritiken zu meinem ersten Buch. Außer diesen zwei Amazon-Rezensionen. Aber – naja – die eine war vom Vater meiner Freundin (sie war gereimt und nur ein Stern) und die andere von einem gewissen Sebastiano Lohmann (fünf Sterne).

Trotz dieses wohligen Gedankens an frühere literarische Höchstleistungen habe ich am Gepäckband immer Angst, dass mein Koffer nicht kommt. Besonders weil ich dieses

118

Mal wieder mit einer Billigairline geflogen bin, die ich der Diskretion halber nur Chicken Wings nennen möchte.

Doch plötzlich beginnen Koffer aus einer Öffnung auf das Gepäckband zu kullern und – da ist er. Mein schwarzer Samsonite. Gleich nach einem anderen schwarzen Samsonite. Und vor dem nächsten schwarzen Samsonite. Ich hieve ihn vom Band und gehe weiter zur Grenzkontrolle.

In einer riesigen Halle, die mit Absperrbändern mehrfach geteilt wurde, stehen etwa viertausend Menschen, die alle in die United States einreisen wollen. Ich stelle mich hinter einem jungen Mann in die Schlange und betrachte einen der unzähligen Flachbildschirme, die in der Halle aufgehängt sind, auf denen tatsächlich ein Footballspiel übertragen wird. An Amerika ist ja vor allem toll, dass es immer seinem Klischee gerecht wird.

Das Footballspiel kommt mir allerdings sehr seltsam vor. Die ganzen Spieler tragen nämlich Polizeiuniformen – außer einem mit einem sehr langen Bart und einem weißen Turban. Statt eines Footballs hält er etwas in der Hand, das wie eine Bombe aussieht. Die Polizistenfootballer verfolgen ihn übers Spielfeld, schmeißen sich auf ihn, entwenden ihm die Bombe und werfen sie hinter das Tor, wo groß »Canada« steht. Erstaunt wende ich mich dem jungen Mann vor mir zu.

»Oh, what a strange game«, sage ich.

»Oh, yes, very strange. Haha«, sagt der Mann. »Where are you from?«

»Oh, I'm from Berlin«, sage ich.

»Oh, I'm from Berlin, too«, sagt der Mann. »Haha.«

»So we can also speak German«, sage ich.

»Yes, we can«, sagt der Mann. »Haha.«

Das hat das amerikanische Ehepaar vor uns gehört und ruft auch sofort: »Yes, we can.« Plötzlich fallen immer mehr Menschen ein, und alle rufen »Yes, we can. Yes, we can.« Diesem Enthusiasmus kann ich mich nur schwer entziehen und stimme ebenfalls in den positiven Schlachtruf ein. Ich fühle mich mächtig und frei.

Schließlich bin ich an der Reihe und gebe dem schlecht-gelaunten und sehr großen Grenzbeamtenbeamten meinen Pass. Er sieht ihn sich lange an und tippt auf seinem Computer rum, dann blickt er mir tief in die Augen. Er hat sehr schöne, dunkelbraune Augen.

»Mr. Leeman, right?«, fragt er in einer tiefen, sonoren, aber doch sympathischen Stimme. »What are you planing to do in the United States?«

»Visting my friend Vin Diesel«, sage ich. »He's shooting his new movie *Bed and Vin*. It's just Vin lying on a bed.«

»Oh, I love Vin Diesel«, ruft der Grenzbeamte. Seine Augen blitzen freudig auf. »How long are you going to stay?«

»Sree weeks«, sage ich.

Der Beamte muss lächeln. »Oh, I love your accent. But there is problem, Mr. Leeman. I can't let you in.«

»Where in?«, frage ich, ganz versunken in die großen Rehaugen des Beamten.

»The United States Of America«, flüstert er und berührt mich zärtlich an der Hand. Ich bekomme Gänsehaut.

»Oh, you have beautiful eyes«, sage ich.

»I know«, sagt der Grenzbeamte. »But you wrote this story, in which every American is very dumb and evil, especially the cops. It's so full of anger. Maybe you should write more positive stuff. Positive like the USA.«

»Oh, you know my stories? That's nice.« Ich lächle ihn an.

Plötzlich kommt der Grenzbeamte hinter seinem Schalter hervor, er ist wirklich unglaublich riesig. Er streckt mir seine große Hand entgegen, in die fast mein ganzer Arm passt, und wir schütteln unsere Hände. Dabei werde ich immer einen halben Meter in die Luft gehoben.

»Du hast mich nicht erkannt, oder?«, fragt er plötzlich auf Deutsch. »Ich bin's doch, Vin Diesel. Das war alles nur ein Scherz.«

»Vin«, rufe ich freudig. »Und ich dachte schon, ich darf wegen meiner Geschichten nicht einreisen.«

»Ach, in den USA kennt doch niemand deine Bücher«, sagt Vin. »Nicht einmal die NSA.«

»Oh, you are a writer. I love writers«, sagt der junge Mann aus Berlin, der plötzlich neben uns steht. »Maybe you can sell me one of your books? I love reading books.«

»Oh, for you it's a present, because you were so nice«, sage ich, öffne meinen schwarzen Samsonite*, in dem ausschließlich Exemplare meines letztes Buches liegen, und gebe ihm eins.

Dann fahren Vin und ich nach Manhattan. Dort kauft sich Vin eine Hose und geht dann mit mir essen.

---

* Der auch wirklich mein schwarzer Samsonite ist, obwohl alle Leserinnen und Leser sicher eine lustige Verwechslung erwartet haben.

EXCUSE ME, LOU

Ich stehe an einer Straßenecke, beobachte das unermüdliche Treiben der Großstadt um mich herum und höre dabei aus meinem digitalen Walkman »Sweet Jane« von The Velvet Underground. Hat Lou Reed dieses Lied eigentlich über mich geschrieben?

»Standing on the corner« – Ja, das stimmt.

»Suitcase in my hand« – Mein schwarzer Samsonite steht natürlich neben mir.

»Jack is in his corset and Jane is in her vest« – Wenn ich wieder zuhause bin, muss ich mal googeln, was das bedeuten soll.

Eine Frau in einem schwarzen Business-Kostüm kommt direkt auf mich zu. Als sie nur noch einen Meter entfernt ist, ruft sie laut und sehr schrill excuse me, rammt mich mit ihrem zierlichen, aber durch tägliche Fitnessstudio-Besuche gestählten Körper beiseite, und stöckelt zufrieden lächelnd die Straße hinunter. Das passiert schon zum dritten Mal, seit ich hier stehe. Auf meinem digitalen Walkman beginnt gerade das nächste Lied: »There She Goes Again.«

Die unermessliche Freundlichkeit und Menschenliebe der Amerikaner spiegelt sich bei näherer Betrachtung vor

allem darin, dass sie sich entschuldigen, bevor sie dich bru-
taler aus dem Weg räumen als ein Football-Spieler. New
York kann manchmal noch anstrengender sein als Berlin.

Ich verlasse meinen Aussichtspunkt an der Corner, um
in die New York Public Library zu gehen. Dabei komme ich
an einem Hundesalon vorbei und sehe durch die Fenster-
scheibe wie einem Pudel das weiße Fell geschnitten wird,
daneben bekommt eine Dogge ihre Pediküre. Das nächste
Geschäft ist eine Metzgerei. Gerade tragen Männer in weißen Schürzen tiefgefrorene Kälber in den Laden, die noch
erstaunlich vollständig aussehen – es fehlt nur die Haut.
Ich bleibe erschrocken stehen. Diese Plakativität, die einem ständig in Amerika begegnet, schockiert mich immer
wieder. Komisch, dass sie keinem auffällt.

Plötzlich öffnet sich die Tür des Geschäfts; eine Dame
verlässt unter Tränen die Metzgerei und bricht auf der
Straße zusammen. Anscheinend hatte sie ihren Pudel im
falschen Geschäft abgegeben.

»Excuse me«, sagt ein Mann im Anzug und schubst
mich beiseite. Ich falle auf eins der gefroren Kälber, und
der Kopf bricht ab.

Später sitze ich im großen Lesesaal der Public Library und
lese mal wieder in meinem ersten Buch, das es seltsamerweise nicht zum Ausleihen gab – zum Glück habe ich genug Exemplare dabei. Die berühmte Bibliothek ist ein riesiges eklektizistisches Gebäude mitten in Manhattan, mit
massiven Marmorsäulen, vollkommen übertrieben stuck-
verzierten Decken und gewaltigen Kronleuchtern.

»Oh, they shot the famous Ghostbusters movie right
here«, reißt mich ein Tourist aus meiner Lektüre.

»Oh, that's awesome«, schreit seine Frau und fotografiert mich. »I love the Ghostbusters. And I love books. Once I read one. It's crazy, so many words.«

Ich widme mich wieder meinem Buch, doch zwei Minuten später werde ich von einem lauten Geräusch abgelenkt. Ein grünes, schleimiges Gespenst fliegt aufgeregt zwischen den Tischen hindurch. Es wird von vier älteren Männern mit komischen Rucksäcken verfolgt, die es mit seltsamen Staubsaugerrohren einsaugen. Die Touristen klatschen höflich.

»Oh, not again«, sagt mein Sitznachbar am Tisch. »I hate those bachelor-partys with Ghostbusters-theme. It's like on the Simon-Dach-Straße in Friedrichshain.«

»Oh, you're from Berlin«, sage ich. »So we could also speak German.«

»Yes, we could«, sagt er. »But we won't«

Plötzlich drehen sich unsere Sitznachbarn um und rufen auch: »Yes, we could, yes, we could«, bis schließlich alle anderen Bibliotheksbesucher einstimmen: »Yes, we could.«

»That's the slogan of Obama's reelection«, klärt mich mein Sitznachbar auf. »Yes, we could. But we won't.«

»Oh, that's nice. By the way: Have you read my book?«

»Have you read mine?«, fragt er. »It's a about a kanogroo.« Wir tauschen unsere Bücher, und ich verstecke noch eins von meinen unauffällig im Klassiker-Regal der Library.

Danach gehe ich in einen Deli* in der 42nd Street. Der Deli-Verkäufer blickt mich aus seinen melancholischen Augen an und streicht sich seinen Schnurrbart zurecht.

»A cheese sandwich, please?«, sage ich.

---

* So heißen Spätis in New York.

»Oh, do you want some beef on it?«, fragt der Deli-Verkäufer. »I got some new meat coming in a few minutes
ago.« Er zeigt auf einen Pudel ohne Kopf, der hinter einer
Glasvitrine liegt.

»Oh, no«, rufe ich und verlasse angeekelt den Deli. Das
war also des Pudels Kern.

Endgültig genervt von dieser Stadt gehe ich zur nächsten
U-Bahnstation. Vor dem Eingang stehen zwei sehr breite
Cops und unterhalten sich. Ich nehme Anlauf, rufe laut »Excuse me«, und renne direkt auf die Polizisten zu. Als ich mit
voller Wucht gegen sie pralle, sehen sie erschrocken auf.

»Oh, man, you are very cruel«, sagt der eine.

»Excuse me«, sage ich und drücke weiter gegen ihre mas-
sigen Körper, die sich aber keinen Zentimeter bewegen.

»Maybe he is sad and wants a hug«, sagt der andere Cop
und nimmt mich in seine starken Arme.

»Excuse me«, flüstere ich.

»It's alright now«, sagt er. »Don't fight it.«

»Excuse …« Langsam werde ich müde, es ist so schön
warm in den Armen des Cops.

Im Augenwinkel sehe ich einen alten Mann, sein Gesicht zerfurcht von unzähligen Falten. Er spielt auf einem
alten Klavier und beginnt leise zu singen:

»Oh, it's such a perfect day

I'm glad I spent it with you

Oh, such a perfect day

You just keep me hanging on

You just keep me hanging on.«

Beruhigt schließe ich meine Augen und schlafe in den
starken Armen des Cops ein.

New York
TOTAL RECALL

An meinem letzten Abend in New York ist Halloween. Vin ist schon total aufgeregt und hat den ganzen Tag damit zugebracht, an seinem Kostüm zu feilen.

»Und erkennst du, als wer ich verkleidet bin«, fragt er, als er es mir endlich vorführt.

»Armyhose, weißes T-Shirt, völlig übertriebene Muskeln«, sage ich, »du siehst aus wie immer.«

»Ich bin Arnold Schwarzenegger!«, ruft Vin. »Das sieht man doch.«

Ich betrachte ihn nochmal von oben bis unten. »Na ja, du könntest auch Sylvester Stallone sein. Oder Bruce Willis. Oder eben Vin Diesel.«

»Ich bin voll Arnie«, sagt Vin beleidigt und schließt sich im Badzimmer ein. »Du kannst dir überlegen, als Danny DeVito zu gehen«, ruft er noch. »Die Größe stimmt ja schon.«

Ich habe ganz vergessen, dass, seit Vin als Fünfjähriger zum ersten Mal *Terminator* geguckt hat, Arnold Schwarzenegger sein großes Vorbild ist. »Ich will später mal eine Kampfmaschine werden«, hatte er zu seinen Eltern, Richard Diesel und Charlotte Bio-Diesel, gesagt, die beide

Professoren für Philosophie an der Humboldt-Universität in Berlin waren. Sie versuchten ihm seinen Wunsch auszureden, schickten ihn auf ein humanistisches Internat in der Schweiz, ließen ihn bei Jacques Derrida in Paris studieren und in Dekonstruktivismus schulen – es half alles nichts: Vin Diesel wurde eine Kampfmaschine.

»Und als was gehst du jetzt?«, fragt Vin, als er eine halbe Stunde später wieder besser gelaunt aus dem Badezimmer kommt. »In New York ist jeder verkleidet, du musst dir unbedingt ein Kostüm ausdenken!«

»Ich werde mich als du verkleiden.« Ich hole eine Armyhose und ein weißes T-Shirt aus dem Schrank. Vin schaut mich perplex an.

»Weißt du übrigens, was mein Lieblingsspruch von Arnie ist?«, frage ich. »In *Total Recall* erklärt ihm irgendein Typ von einer Firma namens Recall, die ihren Kunden coole Erinnerungen einpflanzt, die diese dann für echt halten, dass auch alles, was er gerade in diesem Moment erlebt, eine eingepflanzte Erinnerung sei. Arnie guckt verwirrt und sagt dann: ›It's totally a mindfuck, what you're talking about‹ und knallt ihn ab.«

»Er ist so ein großer Schauspieler«, sagt Vin und verdrückt eine Träne.

Am Abend gehen wir in eine Punkrock-Bar in der Lower East Side.

»Hey, how are you?«, fragt das Mädchen hinter der Theke.

»Oh, you know«, antworte ich, »I'm feeling quite good today, but I have a strange pain in my stomach, because we had this cheap pizza half an hour ago. And my parents got divorced, when I was six, so I'm kind of sensitive about things ...«

»Two Beers«, ruft Vin dazwischen, zeigt auf mich und macht den Scheibenwischer vor seinen Augen.

»Oh, are you Vin Diesel?«, fragt das Mädchen.

»Yes«, sage ich.

»No«, sagt Vin Diesel.

Das Mädchen sieht uns verwirrt an.

»Äh, you know, he's really Vin Diesel« – ich deute auf Vin – »but he's dressed up as Arnold Schwarzenegger. And I'm a famous writer from Berlin and disguised as Vin Diesel.« Ich deute auf meine als Muskeln bemalten Schwimmflügel, dann auf meine Bücher im schwarzen Samsonite, den ich natürlich mitgebracht habe.

Das Mädchen macht den Scheibenwischer vor ihren Augen und stellt zwei Flaschen Budweiser vor uns auf die Theke.

Vin und ich setzen uns an einen Tisch. Es laufen wahnsinnig laut die Ramones. Überall um uns herum stehen gepiercte Punks mit lila Iros, die sich als Wall-Street-Manager verkleidet haben. Oder sind es Wall-Street-Manager, die sich als gepiercte Punks mit lila Iros verkleidet haben? Ich bin mir nicht ganz sicher. Außerdem ist es total kalt, weil wir direkt unter der Klimaanlage sitzen.

»Das ist die erste klimatisierte Punkerkneipe, die ich kenne«, sage ich.

»Amerika, das Land der unbegrenzten Möglichkeiten«, sagt Vin und greift sich theatralisch ans Herz.

Ich weiß nie, ob Vin etwas ironisch meint oder nicht – wie bei allen Amerikanern eigentlich. Auch vorhin im Pizzaladen zum Beispiel. Da fragte mich der Pizzamann, nachdem ich die Hälfte meiner Margarita für einen Dollar gegessen hatte, ob es mir schmecken würde.

»Oh, I love cheap pizza«, sagte ich tonlos und biss von dem labbrigen Stück ab.

»Oh, thanks, man, it's so good to hear, that I'm doing my job well. It's really a gift, and so inspiring.«

In Berlin hätte ich jetzt geantwortet: »Verpiss dich, deine Pizza schmeckt wie Gift, Alter. Ich kotz dir gleich vor die Füße.« Hier weiß ich nicht, ob der Pizzamann mich gerade verarscht oder ob er sich wirklich mit seinem Job identifiziert. America is totally a mindfuck.

Plötzlich steht eine hübsche Punkerin oder Wall-Street-Managerin, was weiß ich, vor uns und fragt Vin begeistert, ob er nicht »the great Vin Diesel« sei.

»No, I'm not!«, ruft er schon wieder beleidigt und rennt aus der Bar. Vin ist wirklich eine Mimose.

Das Punk-Mädchen steht immer noch verwirrt vor mir. Jetzt müssen wir dringend Small-Talk halten, sonst denkt sie, ich bin total unhöflich oder noch schlimmer: Kanadier.

»Oh, I love your bag«, sage ich schnell.

Das Mädchen lächelt erleichtert. »Oh, your shoes are great«, sagt es und setzt sich zu mir.

Ich trinke mein Bier aus und bin jetzt schon etwas betrunken.

»Oh, I love your boobs«, sage ich zu dem Mädchen. »They are really great.«

»Oh, thanks«, sagt das Mädchen. »They were really expensive.«

»Maybe I can touch them«, sage ich, aber das Mädchen sieht mich entgeistert an, als ich meinen Arm ausstrecke.

»I'm a virgin, touched for the very first time«, sagt sie und lächelt verlegen.

»Are you kidding?«, rufe ich. Das meint sie sicher ironisch, sie ist doch bestimmt schon Ende Zwanzig.

»No, I want to spare my body for my husband.«

»Oh, that's … delicious«, sage ich. Entweder ich werde hier gerade richtig verarscht oder das Mädchen ist die erste Punkerin der Tea-Party-Bewegung. Unbegrenzte Möglichkeiten, wohin man auch schaut in diesem Land.

»Want a book from me?«, frage ich sie, aber in diesem Moment kommt Arnold Schwarzenegger nackt in die Bar marschiert. Er fixiert mich mit seinem Maschinenaugen und sagt: »Ich will deine Kleider, deine Stiefel und dein Motorrad.«

»Nur über meine Leiche«, rufe ich, »mein Vin-Diesel-Kostüm war voll teuer.«

»Hasta la vista«, sagt Arnie und knallt mich ab.

Ich wache auf. Neben mir sitzt Vin Diesel. Er sieht aus wie immer.

»Es war alles nicht echt«, sagt er und streicht mir sanft über die Wange. »Du liegst bei Recall, und dir wurde gerade eine coole Erinnerung an eine Halloween-Nacht in New York eingepflanzt.«

»Das meinst du nicht ernst, oder?«, frage ich. »Ich habe einfach zu viel getrunken.«

»You never know«, sagt Vin. »Vielleicht ist das alles auch nicht real, vielleicht gibt es mich gar nicht, und jetzt erlebst du gleich ein krasses Abenteuer wie in einem Actionfilm?«

»It's totally a mindfuck«, sage ich und schlafe wieder ein.

130

Los Angeles

MEIN LEBEN ALS
ACTIONFILM

Ich wache auf, weil vor meinem Schlafzimmerfenster schon wieder ein Monster-Truck explodiert. Ich greife neben mein Bett, nehme die Pumpgun in die Hand und knalle erstmal die zehn japanisches Samurais ab, die unter lautem »Yungschu«-Geschrei in mein Schlafzimmer stürmen.

Jeden Morgen das Gleiche.

Ich schlurfe in die Küche und werfe die Kaffee-Maschine an, aber bevor ich mir das schwarze Gebräu in die Kehle gießen kann, wird die hintere Wand meiner Küche weggesprengt und drei Kampfhubschrauber feuern mit riesigen Maschinengewehren auf mich. Zum Glück liegt im Kühlschrank zwischen dem Magerfett-Joghurt und der französischen Tofu-Gänseleberpastete wie immer griffbereit meine Panzerfaust und ich hole erstmal die fuckin' Hubschrauber vom Himmel.

Jetzt ist Zeit für einen coolen Spruch: »Mich abknallen wollen … Die haben wohl einen Clown gefrühstückt!«

Ich verlasse die Wohnung, um zur Arbeit zu fahren. Mein Hummer steht wie immer startbereit vor der Tür. Genau in dem Moment, in dem ich losfahre, fliegt mein Haus in die

Luft. Scheiße, muss ich mir heute Abend schon wieder ein neues Zuhause suchen.

Eine halbe Stunde später komme ich bei der Kita »Löwenzahn« an, wo ich als Erzieher arbeite, und sehe sofort, dass die Kids in Schwierigkeiten stecken: Das ganze Haus brennt lichterloh. Zur Sicherheit nehme ich die drei Panzerfäuste, die Uzi und die Pumpgun mit und stecke mir das tragbare Maschinengewehr in die Hosentasche. Meine Erzieherin-Kollegin Jane steht nur mit einem weißen, dreckigen Tank-Top bekleidet vor der Kita.

»Ein blonder psychopathischer Russe, der mit einem seltsamen deutschen Akzent spricht, hat die Kinder als Geiseln genommen«, schreit sie hysterisch. »Er will hundert Millionen Dollar und zwei Atombomben.«

»Jane, ich werde die Kids retten. Der Job muss getan werden, und ich … äh … tue ihn.«

»Ich heiße nicht Jane, sondern Jenny«, sagt Jane.

»Wir reden später, Baby«, sage ich und sprenge erstmal die buntbemalte Kita-Tür mit etwas Dynamit weg. Dahinter kauern die niedlichen Kinder, die der psychopathische Russe gefangen hält. Er grinst böse, als er mich sieht.

»Das Spiel ist aus, Ivan«, rufe ich ihm zu.

»Irch heiße niercht Ivarrn, sondern Wladimirrr«, sagt der russische Psychopath. »Irch habr die Kinderr mit Sprengstoffgürrtel ausgestattet und halte den Zünderr selbst in der Haaaarnd. Wenn du mirr zu nahe koommst, sind wirr alle Tooood. Harharhar*.«

»Die Lage ist aussichtslos«, ruft Jane hinter mir. »Lass die

---

* Diabolisches Lachen

Kinder. Bring wenigstens mich in Sicherheit. Schau, mein Tank-Top ist ganz nassgeschwitzt, man sieht schon alles.«

»Baby, ich bin ein Spezialist für aussichtslose Lagen.«

Mit einem dreifachen Double-Step-Heart-Cross-Yeah-Move, den ich bei meinem alten Lehrer Yang Tsu Si im Himalaya gelernt habe, springe ich vor den psychopathischen Ivan, schneide ihm mit einem altmodischen Ritterschwert, das zufällig an der Kita-Wand hängt, erst die Hand ab und dann die Kehle durch. Die Kids sind gerettet.

Ich übergebe den Zünder an einen kleinen Sprengstoff-experten der Polizei, der plötzlich neben mir steht und gehe zurück zu Jane.

»Jane«, sage ich, »wir haben uns zu einem seltsamen Zeitpunkt in meinem Leben kennengelernt.«

»Aber wir kennen uns doch schon seit zwei Jahren.«

»Vor zwei Jahren war ein seltsamer Zeitpunkt in meinem Leben«, sage ich. »Heute ist ein ganz normaler Tag.«

In diesem Moment explodiert der Wolkenkratzer hinter uns.

»Jane, das sieht ganz nach einem Job für mich aus«, sage ich und steige in meinen Hummer.

»Jenny«, ruft Jane, aber ich bin schon längst weg. Irgend-jemand muss ja diese verdammte Welt retten, wenn Vin Diesel nur noch Arthouse-Filme dreht.

The End.

Zuhause

WIE ICH VERSUCHTE, ETWAS SINNVOLLES IN EINER ABSURDEN WELT ZU TUN

>*Die Götter hatten Sisyphos dazu verurteilt, unablässig einen Felsblock einen Berg hinaufzuwälzen, von dessen Gipfel der Stein von selbst wieder hinunterrollte. Sie hatten mit einiger Berechtigung bedacht, daß es keine fürchterlichere Strafe gibt als eine unnütze und aussichtslose Arbeit.«*
>
> Albert Camus

Mein Leben in Deutschland ist dann wieder sehr langweilig. Ich sitze vor dem Computer und surfe durch die unendlichen Weiten des Internets. Immerhin entdecke ich einen Artikel, in dem darüber berichtet wird, dass es wieder Elche in Deutschland gibt, vor allem in Brandenburg wurden in den letzten Jahren welche gesichtet. Sie kommen aus Polen und schwimmen über die Oder und die Neiße, denn Elche sind gute Schwimmer, heißt es in dem Artikel. Im Winter laufen sie sogar einfach über die gefrorenen Flüsse. Angeblich wurde letztes Jahr sogar ein Elch auf der A100 vor Berlin angefahren.

Vielleicht muss ich also gar nicht um die ganze Welt reisen, um endlich einen Elch zu Gesicht zu bekommen.

Plötzlich macht es »ding«: eine neue Email. Es ist der

Newsletter von diesem schwäbischen Kabelhändler, bei dem ich vor Jahren mal ein Internetkabel für mein Modem bestellt habe. Er kommt dreimal täglich. Ich beschließe, nun endlich aktiv zu werden. Heute ist der Tag, Großes zu schaffen, denke ich angespornt von der freudigen Erkenntnis, dass Elche praktisch vor meiner Haustür herumspazieren. Heute werde ich diesen Newsletter abbestellen.

Bis aufs Äußerste motiviert klicke ich auf den etwa zwei Punkt großen Schriftzug, grau auf weißem Hintergrund:

»Wenn Sie diesen Newsletter abbestellen wollen, dann klicken Sie HIER.«

Ich werde auf die Homepage des schwäbischen Kabelhändlers geleitet. Plötzlich poppt ein Fenster auf: »Sie wollen wirklich den Newsletter abbestellen.« Darunter kann man »Ja« oder »Nein« anklicken. Anscheinend entscheiden sich an dieser Stelle noch Leute um. Erst haben sie in der Mail den Link angeklickt, aber wenn sie dann gefragt werden, ob sie es wirklich, im Ernst, endgültig tun wollen, denken sie: »Ach nee, doch lieber nicht, vielleicht verpasse ich dann ein Cinch-Kabel-Sonderangebot oder die USB-Adapter-Wochen.«

Ich klicke einfach auf »Ja«.

Ein neues Fenster poppt auf. »Ein Fehler ist aufgetreten« steht dort. »Bitte versuchen Sie es in dreißig Minuten noch einmal.«

Ich warte eine halbe Stunde und versuche es nochmal, dieses Mal tritt tatsächlich kein Fehler auf. Dafür erscheinen Bilder von verschiedenen Kabeln und Adaptern, die ich mir auf der Homepage angeschaut habe. »Willst du wirklich den Kontakt zu deinen Freunden verlieren?« steht darunter. Eins der Kabel wurde einem Traurig-Emoticon nachempfunden. Ich klicke trotzdem »Ja«. Eine neue Seite erscheint: »Wenn Sie den Newsletter abbestellen wollen, melden Sie sich bitte mit Ihren Kontaktdaten an und konfigurieren Ihre persönlichen Einstellungen.« Darunter zwei Felder für mein Passwort und für meinen Benutzernamen.

Ich starre zehn Minuten fassungslos auf den Bildschirm und tippe dann drei meiner Standardpasswörter (»Sebastian1«, »Sebastian2« und »Sebastian3«) ein, doch alle sind falsch. Sofort poppt eine neue Seite auf: »FEHLER! Bitte versuchen Sie es in dreißig Minuten noch einmal.«

Ich warte wieder eine halbe Stunde. In der Zwischenzeit kommt ein weiterer Newsletter des schwäbischen Kabelhändlers, sie haben den Verschick-Zyklus noch erhöht. Schließlich versuche ich es nochmal (»Sebastian4«). Falsch. Ich warte wieder eine halbe Stunde und versuche ... Falsch.

Sieben Stunden später:

Inzwischen ist es dunkel geworden. Völlig resigniert haue ich einfach auf die Tastatur ein: »kashdkashdsjkjjjjjjj kkkkkmsda,kk«. Seltsamerweise klappt es, und sofort werde ich auf die Seite mit meinen Einstellungen umgeleitet. Die blöde Katze hat einfach mein Passwort geändert.

Es erscheint ein Feld für »Newsletter abbestellen«, und ich klicke drauf. Eine neue Seite öffnet sich, auf der in roten Lettern steht: »Was haben wir falsch gemacht? Warum wollen Sie denn keine Kabel mehr kaufen?« Darunter ein Feld, in dem steht: »Gründe (optional)«. Ich will schon weiter klicken, aber schreibe dann doch: »W-Lan«. Ich muss unkontrolliert lachen.

Als ich weiter klicke, erscheint ein neues Fenster, in dem steht: »Sehr witzig, haha. Wir haben aber auch Wireless-

Router im Angebot. Trotzdem abbestellen?« Wieder das Feld für die Gründe. Ich schreibe »Mein Router geht aber noch« rein und klicke dann weiter.

Neues Fenster: »Ach, Sie wissen doch, die Dinger halten höchstens zwei Jahre, dann gehen die einfach so kaputt. Wirklich abbestellen?«

Dieses Mal drücke ich einfach auf weiter, ohne etwas in das Gründe-Feld zu schreiben. Trotzdem erscheint ein neues Fenster: »Sind Sie jetzt eingeschnappt und reden nicht mehr mit mir, oder was? Ich kann auch alle Ihre Daten verkaufen, wenn Sie nicht kooperieren.« Dieses Mal fehlt das »optional« am Gründe-Feld.

Ich schreibe: »Was haben Sie schon für Daten von mir? Was ich für ein Kabel gekauft habe oder was?«

»Ach, der Kabelhersteller wurde vor einem Jahr von Google aufgekauft«, sagt das Pop-Up-Fenster, »und, im Vertrauen: Wir wissen alles über Sie.«

»Arschloch«, schreibe ich. Der Computer stürzt ab.

Inzwischen ist es tiefe Nacht. Ich starte den Computer neu, logge mich wieder ein und klicke erneut auf »Newsletter abbestellen«.

»Da bist du ja endlich wieder«, sagt das Pop-Up-Fenster.

»Ich habe das Recht, meinen Newsletter abzubestellen«, schreibe ich plötzlich kämpferisch. »Das Internet ist nicht nur ein Instrument für die Verwertungsinteressen der großen Konzerne.«

»Mitglied bei der Piratenpartei?«, fragt das Pop-Up-Fenster. »Na, ich will mal nicht so sein. Hier kannst du draufklicken und das Abbestellen bestätigen.«

Ein neues Pop-Up-Fenster erscheint. Ich klicke auf bestätigen, und sofort wird ein Schriftzug eingeblendet: »Sie haben den Newsletter erfolgreich vorläufig abbestellt. In Kürze erhalten Sie eine Mail mit einem Code für die endgültige Abbestellung. Mit diesem loggen Sie sich auf unserer Seite ein.«

Der Code lautet: »Sisyphos2015«.

Ich schaue aus dem Fenster. Es ist wieder hell geworden. Ein neuer Morgen meiner sinnlosen Existenz bricht an. Das Leben ist ein absurder Kampf, denke ich. Und am Ende verliert man immer.

Ich sinke mit dem Kopf auf die Computertastatur. Mit meiner Nase schreibe ich krrrrrrrrrr und schlafe endlich ein. Man muss sich Sisyphos als einen sehr müden Menschen vorstellen.

Zuhause

IM HINTERZIMMER MEINER GESCHUNDENEN SEELE

Ich wache auf. Seltsamerweise sitze ich am Schreibtisch. Vor mir steht mein Laptop und ich checke sofort meine Mails. Es sind vierzehn neue Newsletter vom Kabelhersteller gekommen. Warum landen die eigentlich nicht im Spamverdachtsordner?

Langsam erhebe ich mich und gehe zum Späti gegenüber, um mir eine Fritz Kola mit extra viel Koffein zu kaufen.

»Ich habe etwas Neues im Angebot«, sagt der Späti-Verkäufer aber und streicht sich seinen buschigen Schnurrbart zurecht. »Nur für meine besonderen Kunden.«

Er geleitet mich aus dem Verkaufsraum, und wir passieren mehrere Hinterzimmer, alle abgetrennt durch lustig klirrende Vorhänge aus bunten Plastikperlen. Im ersten Raum liegen die ganzen alten Zeitungen, die auf ihren Titelblättern immer noch verkünden, dass heute der Tag ist, an dem etwas passiert. Im zweiten Raum füllen zwei seiner Söhne (der Älteste ebenfalls schon mit einem Schnurrbart ausgestattet) mit Trichtern Berliner Pilsner in Fritz-Limo-Melone-Flaschen um, im dritten Raum schnitzt sein dritter Sohn kleine Elchfiguren und im vierten belädt der Jüngste ein Sonderangebotswägelchen mit Shampoo-Flaschen. Schließlich betreten wir den hintersten Raum. Darin steht nur ein alter Kühlschrank. Der Späti-Verkäufer öffnet die Tür und entnimmt ihm eine bunt schimmernde Glasflasche, auf der Hooper's Hooch steht.

»Der erste Alkopop, den es je in Deutschland zu kaufen gab«, sagt er stolz.

»Mein Lieblingsgetränk, als ich sechzehn war«, rufe ich freudig. Der Späti-Verkäufer reicht mir die Flasche und ich nehme einen kräftigen Schluck. Sofort werde ich in meine Vergangenheit versetzt:

Zusammen mit meinem Freund Sebastian* stehe ich an der Bar der Kinderdisko *Sound* in Freiburg. Wir studieren die Karte und entdecken darauf ein neues Getränk namens Hooch. Seltsamerweise mit zwei O geschrieben. Anscheinend ein alkoholisches Getränk, doch es wird unter anderem in der Geschmacksrichtung Zitrone angeboten. Genau das Richtige für uns. Bier ist uns damals noch zu bitter und mehr als ein halbes Radler schaffe ich an einem Abend eigentlich nicht, deswegen trinken wir sonst immer Sangria mit langen Strohhalmen aus Plastikeimern. Noch heute erinnert mich der Geschmack von Sangria ans Putzen. Ein dunkles Kapitel in meinem Leben. Aber wir waren jung und hatten das Geld.

Sebastian und ich schauen von der Karte auf und in die Augen der genervt blickenden Barkeeperin, die unendlich

---

* Ja, er heißt genauso wie ich. Das liegt daran, dass alle, die Anfang der achtziger Jahre geboren sind, Sebastian heißen. Also, die Jungs. Die Mädchen heißen Anna, aber das ist eine andere Geschichte. Siehe dazu auch: Sebastian Lehmann, *Sebastian. Ein Buch*. Satyr Verlag, 2011.

alt zu sein scheint, bestimmt schon einundzwanzig, und auf unsere Bestellung wartet.

Sebastian traut sich als Erster. »Ich hätte gern einen Hooch«, sagt er, das O sehr lang ziehend, und deutet mit zitterndem Zeigefinger auf die bunten Flaschen im Kühlschrank. Die Barkeeperin bricht in schallendes Gelächter aus, reicht Sebastian aber eine Flasche. Dann wendet sie sich mir zu: »Und was willst du, mein Kleiner?«

»Ich hätte auch gern einen Hooch«, sage ich.

»Na, wie schmeckt das gute, alte Hutsch?«, reißt mich der Späti-Verkäufer* aus meinen schrecklichen Jugenderinnerungen.

»Ach Hutsch wird das ausgesprochen«, sage ich. »Jetzt wird mir einiges klar.«

»Ich möchte dir noch ein weiteres Hinterzimmer zeigen«, sagt er unbeeindruckt und öffnet eine Tapetentür, die mir bis jetzt gar nicht aufgefallen ist. In dem Zimmer, das wir nun betreten, steht ein großes Bücherregal, in dem allerdings nur ein einziges Buch liegt. Es ist mein erster unveröffentlichter Roman, den ich mit achtzehn geschrieben habe.

»Darin verarbeite ich meine Kindheit«, sage ich.

»Hast du so viel Schlimmes erlebt?« Der Späti-Verkäufer sieht mich mitleidig an.

»Nein«, sage ich. »Wir haben zwar die ganze Zeit Krieg gespielt, sonst verlief meine Kindheit aber friedlich. Daran ist auch der Roman gescheitert, ich habe einfach nichts Interessantes erlebt, über das sich zu schreiben gelohnt hätte.

* Der Späti-Verkäufer kann sehr gut englisch, denn er besucht oft seinen Cousin, der einen Deli in New York betreibt.

Wenn man als Schriftsteller etwas werden will, zum Beispiel Nobelpreisträger, muss man als achtzehnjähriger schon in der SS gewesen oder wenigstens vom rumänischen Geheimdienst gefoltert worden sein. Damit kann ich leider nicht dienen, meine Eltern waren nicht mal geschieden.«

Ich nehme das Buch aus dem Regal, schlage es auf und bin sofort wieder in meine Kindheit versetzt:

Mein Freund Florian* und ich sitzen auf dem Klettergerüst des Spielplatzes in unserer Nachbarschaft. Er erzählt gerade von den Eheproblemen seiner Eltern: »Meine Mutter hat jetzt den impotenten Sack, so nennt sie meinen Vater inzwischen nur noch, aus der Wohnung geworfen. Jetzt macht sie die ganze Zeit mit dem Scheidungsanwalt im Schlafzimmer komische Geräusche, die entfernt an Tennisspielerinnen im Fernsehen erinnern und sagt Sachen wie ›Einspruch, Euer Ehren, die frustrierte Ehefrau ist noch nicht befriedigt.‹«

»Das ist ja furchtbar«, rufe ich entsetzt. »Aber immerhin kannst du darüber später mal ein Buch schreiben.«

»Und was ist mit deinen Eltern?«, fragt Florian.

Ich gebe kleinlaut zu, dass sie nicht geschieden sind.

»Verarsch mich nicht«, sagt Florian. »Sowas gibt's ja wohl in unserer postmodernen Gesellschaft nicht mehr, Monogamie ist als Überbleibsel der repressiven Sexualität des neunzehnten Jahrhunderts doch längst überwunden.«

»Meine Eltern mögen sich sogar«, sagte ich schüchtern. »Und solche Sachen wie Sex haben sie bestimmt auch noch nie gemacht.«

---

* Florian ist übrigens etwas älter und am 31.12.1979 geboren.

Florian sieht mich angewidert an und stößt mich vom Klettergerüst.

Schnell lege ich das Buch wieder zurück. »Auch keine schönen Erinnerungen«, sage ich zum Späti-Verkäufer.

»Mein Lieber, ich wollte dir das eigentlich nicht zeigen«, sagt er. »Doch es gibt noch ein siebtes Hinterzimmer.« Er drückt das Geweih einer kleinen Elchfigur herunter, und langsam öffnet sich in der Wand eine versteckte Tür. Dahinter erscheint ein dunkler Raum, in dessen Mitte ein winziger Käfig steht, in dem sich ein Hamster auf einem Laufrad abstrampelt. Ich gehe zum Käfig und streichle sein weiches Fell. Sofort werde ich wieder in meine Vergangenheit versetzt:

Mein Bruder Sebastian* und ich stehen unter dem Weihnachtsbaum und betrachten unser Geschenk: einen kleinen Hamster.

»Wir nennen ihn Sebastian«, sagt mein Bruder, und ich nicke zustimmend. Wir kraulen Sebastian, und er schnurrt ganz leise.

Am nächsten Tag verfüttere ich an Sebastian (den Hamster) eine Tafel Ritter Sport Olympia, und er stirbt einen qualvollen Tod an Überzuckerung.

»Der Hamster ist nur ein Symbol«, reißt mich der Späti-Verkäufer aus meinen Kindheitserinnerungen. »Das Leben ist sinnlos, einem Laufrad gleich. Das ist die wichtige Lehre, die ich dir verkünden möchte: Nie kommen wir irgendwo

* Ebenfalls Anfang der achtziger Jahre geboren.

an, strampeln uns immer weiter ab, und hin und wieder reicht uns jemand etwas, das uns ablenkt. Ein Hooch, ein iPhone, einen Holzelch, eine Tafel Ritter Sport Olympia. Wir sind jung, wir haben Geld, reisen durch die Weltgeschichte, auf der Suche nach dem Unbekannten und Fremden und finden doch nicht einmal uns selbst. Kommen nie irgendwo an, sondern immer wieder abhanden, und am Ende sterben wir an Überzuckerung. Wir müssen aber die eigentliche Lebensweise finden, denn wie Heidegger ...«

»Entschuldigung, ich habe gerade nicht zugehört, weil ich meine Mails checken musste«, unterbreche ich den Späti-Verkäufer und stecke mein iPhone wieder in die Hosentasche. »Kam aber nur ein Newsletter.«

»Nicht so schlimm, mein Lieber, lass uns wieder nach vorne gehen. Du wolltest doch was zu trinken kaufen? Ich habe neuerdings auch Sangria im Angebot.«

Ich sollte dringend mal wieder das Bad putzen, denke ich plötzlich und wir laufen wieder nach vorne.

»Wohin geht denn deine nächste Reise?«, fragt der Späti-Verkäufer.

»Lissabon«, sage ich.

»Da musst du unbedingt Oktopus essen, dafür ist Lissabon berühmt.«

Ich sehe den Späti-Verkäufer misstrauisch an. Vielleicht ist er auch einfach verrückt.

Lissabon
AUF DER ANDEREN SEITE

Mein Wecker klingelt. Es ist vier Uhr dreißig. Ich muss so früh aufstehen, weil mein Billigflug mit Air Marzahn schon um halb sieben geht. Als ich am Flughafen Berlin-Schönefeld ankomme, der Bus hat mich gerade ausgespuckt, ist mein freischaffender Künstler-Körper, der erst gegen Mittag in Gang kommt, noch zu müde, um sich weiter Richtung Gate zu bewegen.

Wahrscheinlich fliegen Billigflieger ausschließlich so früh, weil man nur im völlig übermüdeten Zustand den schlechten Service ertragen kann und apathisch hinnimmt, wenn die Stewardessen einen anschreien, dass man doch jetzt bitte schnell sein Gepäck in den Overheadlockern verstauen solle. Ich frage mich, wie Schönefeld so ab zwölf Uhr mittags aussieht? Wahrscheinlich lassen dann die Flughafenbediensteten auf der vollkommen leeren Startbahn Drachen steigen und schneiden bei der benachbarten Großbaustelle des neuen Flughafens die Stromleitungen durch, damit sie auch in Zukunft nur halbtags arbeiten müssen.

Mir fällt ein junges Pärchen auf, an deren Koffern Flughafenbändchen aus Lissabon hängen. Sie kommen da her, wo ich gleich hinfliege. Jetzt wollen sie mit dem Bus nach

Berlin fahren und fragen den Busfahrer, wie viel ein Ticket kostet. Auf Englisch.

Der Busfahrer blickt ihnen lange in die Augen und sagt dann: »Wat?«

»How much is the ticket?«, fragt der männliche Part des Pärchens noch einmal schüchtern. Dabei legt er vorsichtig einen Zehn-Euro-Schein auf die Zahlstation vor dem Busfahrer.

»Nix Schein«, ruft der Busfahrer. Warum denken Deutsche immer, dass Ausländer das Wort »nix« verstehen würden?

Hilfesuchend schauen sich die beiden zu mir um. Leider kann ich mich ob meiner Müdigkeit immer noch nicht bewegen. Außerdem ist es witzig.

»Dann macht mal schön winke winke«, sagt der Fahrer. Die Türen schließen sich direkt vor den Nasen des Pärchens, und der Bus fährt los. Eine Träne kullert langsam die Wange des Mädchens hinunter.

Ein Flughafen-Bediensteter, der neben mir steht und raucht, beugt sich lachend zu mir und sagt: »Die stehen hier schon seit gestern. Haha. Scheiß Touris.«

Ich lache auch. Jaja, die Touris.

Als ich mittags in meinem Lissaboner Hotel ankomme, lege ich mich sofort ins Bett und schlafe ein. Ich schlafe acht Stunden am Stück, bis es schon wieder dunkel ist. Jedes Mal mache ich den gleichen Fehler und nehme den frühen Flug und nicht den am späten Abend. Ich muss an meine Eltern denken, wie sie jeden Sommer morgens um vier den Passat für die Fahrt in die Ferien beluden und uns müden Kindern erzählten: »Da hat man noch den ganzen Tag, wenn man ankommt.«

Ich bin echt schlecht in Sprachen. Früher in der Schule gab es ja immer die, die gut in Mathe und Naturwissenschaften waren, und es gab die, die gut in Sprachen waren. Ich war gut in Religion. Ein Jahr lang war ich auch gut in Sport. Als wir dann den neuen Sportlehrer bekamen, weil der andere, der immer den Jungs unter die Sporthose gefasst hatte, versetzt worden war, wurde ich wieder schlecht in Sport. Jedenfalls wählte ich in der Schule als Fremdsprachen Englisch und Latein – und dann sogar Französisch. Ich hatte Latein nur gewählt, weil alle immer gesagt haben: »Wenn du erst Latein kannst, lernst du voll schnell Französisch.« Aber ich konnte schon Latein nicht.

Portugiesisch kann ich natürlich auch nicht. Alle portugiesischen Wörter hören sich für mich an wie »schschschschsch«.

An meinem ersten Abend in Lissabon sitze ich also in einem kleinen Restaurant und bestelle das einzige Gericht, das nicht komplett aus Fleisch zu bestehen scheint, indem ich es dem Kellner auf der Karte zeige. Der Kellner sagt nur: »Schschschschsch. Sch.«

»Je suis vegetario«, sage ich.

»Schschschschschsch«, antwortet der Kellner.

»Do you speak English?«, frage ich.

»Schschschschschsch«, sagt der Kellner und lacht dann sehr laut. Die anderen Gäste am Nebentisch fangen plötzlich auch an zu lachen und zeigen mit dem Finger auf mich. Ich beginne ebenfalls zu lachen, damit ich nicht mehr das Gefühl habe, alle lachen nur über mich. Es klappt nicht.

Ich blicke mich im Restaurant um. Es sieht sehr hübsch mediterran aus. Leider besteht die Beleuchtung ausschließlich aus riesigen Neonröhren, so dass ich das Gefühl habe in einem Baumarkt oder einer Leichenhalle zu sitzen. In einer Glasvitrine liegt ein einsamer, riesiger Oktopus mit dicken, benoppten Armen, ebenfalls von Neonröhren bestrahlt. Der Späti-Verkäufer hatte doch recht. Wenn ich lange auf den Oktopus starre, scheint es fast, als ob er sich ganz langsam zum Rand bewegt, auf mich zu.

Später kommt dann das Essen. Es besteht ausschließlich aus riesigen Fleischstücken. Am Rand des Tellers liegt verschämt eine einsame Ofenkartoffel.

»Nix carne, donnde la … teller«, versuche ich den Kellner zu überzeugen, das Essen wieder mitzunehmen, doch er ignoriert mich einfach.

Ich habe noch nie so langsam eine Ofenkartoffel gegessen. Den Fleischberg versuche ich unter der Serviette zu verstecken. Aber die Serviette ist zu klein. Als der Kellner schlecht gelaunt den Teller abräumt, sehe ich zum Oktopus in der Vitrine. Er ist verschwunden.

Nachdem ich endlich das Restaurant verlassen habe, suche ich die Straßen um mein Hotel herum nach anderen Essensmöglichkeiten ab. Doch in allen Restaurants stehen Glasvitrinen, in denen Meeresgetier liegt, schön ausgeleuchtet in grellem Neonlicht, und die Kellner beäugen mich misstrauisch, wenn ich zu lange auf die völlig unverständliche Karte neben der Eingangstür starre. Irgendwann finde ich einen Bäcker und kaufe dort ein sehr großes, seltsam aussehendes Brötchen, das einzige, was angeboten wird. Als ich reinbeiße, merke ich, dass in das Brötchen ein Oktopus eingebacken wurde. Ich schreie laut auf und werfe es angeekelt auf die Straße. Der Oktopus kriecht langsam aus dem Brötchen und in den nächsten Gulli.

Schnell gehe ich zurück zum Hotel und lege mich hungrig ins Bett. Heute ist das erste Mal, dass ich ohne Abendessen ins Bett gehe, seit ich mit vier Jahren meinen Freund Dirk von der Schaukel geschubst hatte und er sich dabei beide Arme brach.

Am nächsten Tag fahre ich mit einer antiquierten Zahnradbahn zu einem höher gelegenen Stadtteil. Dort setze ich mich vor einen kleinen Kiosk, trinke eine Coca Cola und esse sieben Snickers. Zum Glück gibt es den Kapitalismus, sonst müsste ich verhungern.

Später beschließe ich, mit dem Bus in ein kleines Fischerdorf in der Nähe von Lissabon zu fahren. Im Reiseführer stand nämlich, dass man das unbedingt machen müsse, wenn man Lissabon besuche. Als ich in den Bus einsteige, versuche ich zu erkennen, wie viel Geld die Portugiesen vor mir dem Busfahrer geben. Aber alle legen nur eine Karte auf ein elektronisches Lesegerät, es macht Piep, und sie gehen durch. Schließlich bin ich dran. Ich lege möglichst selbstverständlich meine Video-World-Leihkarte auf das Lesegerät und gehe weiter. Ein lautes »Schschschschsch« des Busfahrers hält mich auf. Er deutet auf meinen Geldbeutel. Ich strecke ihm einen Zehn-Euro-Schein hin. Der Busfahrer beachtet ihn gar nicht, sondern zeigt weiter auf meinen Geldbeutel.

»Do you speak English?«, frage ich resigniert.

»Schschschsch«, sagt er nur.

»Das ist doch keine Sprache«, rufe ich jetzt wirklich wütend, »was soll denn das bedeuten: schschschschsch?«

»Ah, schschschsch?«, fragt der Busfahrer jetzt auf einmal freundlich.

»Schschschsch«, sage ich nochmal. Der Busfahrer lächelt und winkt mich durch. Völlig perplex setze ich mich neben einen älteren Herrn im Anzug und der Bus fährt los.

»You are really schschschsch? That's great«, sagt der ältere Herr auf einmal und lächelt mich freundlich an.

»You are the first person that I meet in Lisbon, who can speak English as good as me«, sage ich.

»Oh, everybody speaks English here, but nobody wants to, because we hate tourists. Especially you German wankers.«

»I can understand this«, sage ich, »I also hate tourists, and I hate Germans, too.«

»You are funny, schschschsch«, sagt der Herr und lacht. Er nimmt ein Brötchen aus seiner Tasche. »You want bread? It's with octopus.«

DA BIN ICH
München
LIEBER ARM

Während meiner Kindheit verbrachten wir die Sommerferien einmal in einem kleinen, malerischen Dorf im bayrischen Hinterland. Als wir uns in unserem dunkelblauen Passat der Grenze des Freistaats näherten, drehte sich mein Vater zu mir und meinem Bruder Sebastian um und sagte, dass wir jetzt unsere Pässe bereithalten sollten für die Grenzkontrolle.

»Und Geld müssen wir auch noch wechseln«, rief er und lachte sehr laut.

Wir wohnten auf einem alten Bauernhof, und unsere Wirtin hieß tatsächlich Resi, fuhr jeden Tag mit einem Traktor übers Feld, sang dabei nationalistische Lieder, und manchmal durfte ich mitfahren und die Ausländer vom Heim am anderen Dorfende mit Kuhfladen bewerfen. »Sau-Preußen«, rief sie ihnen zu. Vielleicht trügt hier auch meine Erinnerung, meistens war ich nämlich betrunken, da es in Bayern keine anderen Getränke gab außer Bier – auch für die Kinder. Sogar aus dem Wasserhahn sprudelte nur gutes Augustiner.

Meine Freunde waren auf die Bahamas geflogen oder gingen in Kanada auf Bärenjagd. Ich musste nach Rosenheim.

Doch Bayern schien exotischer als jede Südseeinsel. Schließlich wählten die bayrischen Ureinwohner seit Menschengedenken einen Politiker zu ihrem Präsidenten, der noch dicker war als unser Kohl, und feierten jedes Jahr im Oktober ein rauschendes Fest, bei dem sie sich wie beim Karneval verkleideten, allerdings alle mit dem gleichen Kostüm. Außerdem sprachen sie im Gegensatz zu den netten Italienern, die ich in den Ferien am Mittelmeer kennengelernt hatte, kein Deutsch.

Nun würde ich also an diesen mythischen Ort meiner Kindheit zurückkehren. Der Vorschlag war von meiner Freundin gekommen: »Wollen wir wirklich unser Leben lang in Berlin wohnen?«, fragte sie. »Schließlich brauchst du irgendwann auch mal einen Beruf, bei dem du Geld verdienst. Und mein Cousin, der kürzlich nach München gezogen ist, hat erzählt, dass sie im Süden selbst dreißigjährigen Versagern wie dir einen Arbeitsplatz geben.«

»Ach, das Geld von deinem Job reicht doch gut für mich aus«, sagte ich und streckte mich auf unserer Couch aus. »Und deine Ansprüche sind ja nicht hoch.«

»Stimmt, sonst wäre ich nicht mit dir zusammen«, sagte meine Freundin und buchte uns zwei Bahntickets in die bayrische Landeshauptstadt.

Am Bahnhof in München werden wir sofort von zwei Grenzbeamten kontrolliert.

»Zeigens Se mal ihrre Schuhe herrr!«, sagt der eine Beamte in seiner seltsamen Sprache.

Wir schauen verwirrt an uns herab.

»Wir müssen nur kontrollieren, ob sie Hundescheiße an den Sohlen haben«, sagt der andere Beamte zum Glück auf

Hochdeutsch. »Das machen wir immer bei den Berlinern, die einreisen wollen.«

Leider sind sie nicht zufrieden und wir müssen unsere Schuhe gegen blau-weiß-karierte Hausschlappen eintauschen.

Als wir dann endlich den Bahnhof verlassen dürfen, bewerfen uns freundliche Münchner sofort mit Kleingeld, weil sie uns wegen unserer ärmlichen Berliner Klamotten für Bettler halten.

»Das ging mir in der Anfangszeit auch so«, sagt der Cousin meiner Freundin, der vor dem Bahnhof auf uns gewartet hat. »Aber jetzt trage ich nur noch Bogner-Skijacken, Lederhosen und einen Laptop unterm Arm und werde endlich von den Einheimischen akzeptiert. Ich habe zudem meinen Namen den hiesigen Verhältnissen angepasst und nenne mich Franz-Xaver Dimpfelhuber, genannt der Huber Schorsch.«

Plötzlich trifft mich ein dickes Bündel Geldscheine an der Schläfe, und ich werde ohnmächtig.

Am Abend gehen wir dann zusammen mit dem Huber Schorsch Semmelknödel essen. Wir setzen uns direkt auf den Gehweg vorm Gasthaus, denn in München ist es ja so sauber, da kann man einfach von der Straße essen.

»Wie läuft es denn mit deinem Job?«, fragt meine Freundin ihren Cousin. »Du verdienst doch bestimmt sehr viel Geld.«

»Ja, etwa das Zehnfache wie in Berlin.«

Meine Freundin sieht ihn beeindruckt an.

»In meinem Fall würde sich da nichts ändern«, werfe ich ein.

»Aber die Mieten in München sind dreißig Mal so hoch wie in Berlin«, sagt der Schorsch. »Ich habe also noch weniger Geld. Aber das mit dem Augustiner aus dem Wasserhahn ist natürlich schon ein Argument für die Stadt.«

Nach dem Essen gehen wir noch in einen Club. Er heißt P1 oder Hofbräuhaus oder so und sieht aus wie eine BMW-Niederlassung.

Auf dem Dancefloor tanzen fast ausschließlich Männer in rosa Hemden mit hochgestellten Kragen und bespritzen leicht bekleidete Blondinen mit importiertem Champagner.

Als ich mich an der Bar anstelle, um meine Bierflasche zurückzugeben, sagt ein Bayer neben mir: »Also, Pfand is doch was fürrr Studenten. Oderrrr kommtst ihrrr aus Berrrrlin?« Er schnupft eine Linie Koks vom Tresen, die dort einfach so rumliegt. Wahrscheinlich weil sie jemand vergessen hat.

In diesem Moment geht das Licht an, die Musik verstummt, und Polizisten erscheinen, die die Gäste nach draußen führen.

»Eine Razzia«, rufe ich panisch.

»Nein, nurrr Sperrrstunden«, sagt der Bayer neben mir. Ich schaue auf die Uhr, es ist halb zwölf. In einer halben Stunde würden die Clubs in Berlin aufmachen.

»Dieses schicke München hat wirklich nichts mehr mit dem mythischen und nach Kuhmist stinkenden Ort meiner Kindheit zu tun«, sage ich zu Schorsch und meiner Freundin, als wir vor dem Club stehen und mit den Polizisten noch ein Feierabendbier trinken. »Hier fühle ich mich noch mehr als Versager. Da bin ich lieber arm und bleibe in Berlin.«

154

Plötzlich trifft mich ein Champagnerkorken an der Schläfe, und ich werde ohnmächtig.

Als wir am nächsten Tag wieder in Berlin aus dem Zug steigen, trete ich sofort in einen Hundehaufen.

»Endlich wieder zuhause«, sage ich erleichtert.

Zuhause

LANGWEILIG3 ICH KANN NICHT EMOTICON

Als ich nach einem langen Tag in den Brandenburger Wäldern (keinen Elch gesichtet, ich glaube, ich gebe es langsam auf) wieder nach Hause komme, setze ich mich vor meinen Computer und checke meine Mails. Zwischen den vierunddreißig Newslettern fällt mir eine seltsame Nachricht auf:

»:):):(xx/:(((;(x:xx((),, … *///p0°§/|{}[,,:];;;;;::((-xpp/= 00 =) ([…’o;::o(/). })):/(x;xxfickdich):lol«

Mit Hilfe meiner alten Formelsammlung rechne ich vier Stunden lang und bekomme schließlich $4x^2$ heraus. Ich ahne, dass das falsch sein könnte, schließlich war ich immer schlecht in Mathe, und schreibe »Nein« zurück. »Nein« ist erstmal immer eine gute Antwort, wenn man etwas nicht versteht. Das habe ich früher in der Schule auch gern bei Textaufgaben gemacht:

»Läufer L benötigt für eine 25 km lange Strecke 20 Minuten mehr, als Läufer S für 10 km braucht. Die Geschwindigkeit von L ist um 1,5 km/h größer als die von S.

Berechne die Laufzeit von L.«

Meine Antwort: Nein.

Oder:

»In einem Stall leben Hühner und Schweine. Klaus zählt 169 Köpfe und 490 Beine. Wie viele Hühner und wie viele Schweine wohnen in diesem Stall?«

Nein.

Heute schreiben die Schüler wahrscheinlich: »Ich bin seit meinem zweiten Lebensjahr Veganer und weigere mich Aufgaben zu lösen, in denen Tiere enthalten sind.«

Schon schwirrt die Antwort in meinen Posteingang, sie lautet: »:-) ***«

Am Abend treffe ich mich mit Vin Diesel in einer Bar. Wir umarmen uns zur Begrüßung und klopfen uns dabei gegenseitig auf den Rücken. So machen das Männer. Leider ist Vin so groß, dass ich nur auf seinen Po klopfen kann. Dann erzähle ich ihm von den seltsamen Nachrichten.

»Ach, die waren von mir«, sagt er und bestellt beim Barkeeper ein Diesel.

»Und was sollten die ganzen Zeichen bedeuten?«

»Dass mir langweilig ist«, sagt Vin und nimmt einen großen Schluck von seinem Biermischgetränk.

»Läuft es mit deinem neuen Film nicht gut?«, frage ich. »Wie hieß er nochmal?«

»*The Vin Tire Diaries*. Ich spiele darin einen depressiven Reifenwechsler.« Vins Diesel ist schon leer und er bestellt sofort ein Neues. Er scheint wirklich schlecht drauf zu sein.

Um ihn aufzuheitern, zeige ich ihm einen Artikel über seinen letzten Film, den ich aus der *Süddeutschen Zeitung* ausgeschnitten habe.

»›Vin Diesel ist ein Mann der Zukunft‹«, lese ich daraus vor. »›Er gehört in die junge Kategorie der post-ethnischen Schauspieler, deren Herkunft nicht mehr bestimmbar ist.‹ Aber das ist doch Quatsch. Du kommst ja aus Charlotten-burg.«

»Vin Diesel ist eben nur eine Kunstfigur«, sagt Vin, »in Wirklichkeit heiße ich ganz anders.«

»Ach, ja, wie denn?«

»Vincent Diesel.«

Plötzlich fällt Vin unter den Tisch und bleibt da bewusst-los liegen, der Gute verträgt einfach nichts.

»Vin sick«, sage ich und muss unkontrolliert lachen.

Vin wacht nicht auf, also gehe ich nach draußen auf die Straße. Dort sitzen die drei Alkis vor dem Späti und lesen in der französischen Ausgabe von *Warten auf Godot*.

»Alte Freunde sind nicht wie ungeliebte Haustiere«, sagt der erste Alki. »Man kann sie nicht einfach an einer Autobahnraststätte aussetzen und schnell wegfahren.«

»:-)«, sage ich.

»Das Leben ist wie ein neuer Laptop von Apple«, sagt der zweite Alki, »sehr hübsch, sehr teuer und geht eine Wo-che nach Ablauf der Garantiezeit kaputt.«

»Mmmhhh«, sagt der dritte Alki.

»Ich verstehe sehr gut, was ihr meint«, sage ich, »aber ich komme allmählich zu dem Schluss, dass eure Fragen nicht zu meiner Antwort passen.«

»Wir haben gar nichts gefragt«, sagt der erste Alki.

Plötzlich steht Vin Diesel vor uns. Er schwankt heftig. »Ich habe dafür eine Frage«, lallt er. »Bruce Willis benötigt mit seinem Auto für eine 25 km lange Strecke 20 Sekunden mehr, als ich mit meinem Motorrad für 10 km brauche. Die

Geschwindigkeit von Bruce ist um 1,5 km/h größer als die von mir. Wer ist cooler?«

»Nein«, sage ich.

ALLES, WAS ICH MIR JE GEWÜNSCHT HABE

Kaum scheint die Sonne, erstrahlt Istanbul in mattem Glanz. Doch es ist kälter als es aussieht. Der blasse Smog-Schleier über der Stadt wirkt wie heißer Dunst im Sommer. Ich überquere die Galata-Brücke, die das Kreativen-Viertel Beyoğlu mit der Altstadt, die seltsamerweise fast nur aus Neubauten besteht, auf der anderen Seite des Goldenen Horns verbindet.

Eine orange Katze sitzt in der Sonne und blickt mich gelangweilt an. Ganz Istanbul ist voll von gelangweilten Katzen, die noch schlechter gelaunt vor sich hinstarren können als unsere Katze in Berlin. Hin und wieder klettern sie auf Autos und machen mit ihren Krallen absichtlich Kratzer in den Lack. Die Istanbuler mögen sie trotzdem.

Ich stelle enttäuscht fest, dass der berühmte Basar in der Altstadt am Sonntag geschlossen hat. Auch die Geschäfte in den Gassen und Straßen rund um den Basar sind fast alle verrammelt, doch vor den zugezogenen Rollläden hat sich eine zweite Verkaufszeile gebildet. Fliegende Händler haben ihre Waren auf den Straßen ausgebreitet, Adidas-Jogging-Hosen für zwei Euro das Stück liegen neben Levis-

160

Jeans für drei Euro und kleinen, gelangweilten Plüschkatzen für vier Euro.

Ein Verkäufer hält mir ein Lacoste-Shirt vor die Nase. »You want original Lacoste?«, fragt er. Ich schüttle den Kopf, aber schon am nächsten Stand werde ich wieder angesprochen: »I have new Rolex for you.«

»No time«, sage ich und gehe weiter. Bei den iPhones für zwanzig Euro werde ich fast schwach. »Originally assembled by Apple in Turkey«, sagt der Mann.

»Sorry«, sage ich und zeige ihm mein eigenes iPhone, das ich für siebenhundert Euro gekauft habe. »Oh, I give you five Euro for that«, ruft er lachend. Ich lache mit und wir geben uns High Five.

Am nächsten Stand stehen meine schönen, neuen Nike-Sneakers. Sie sehen genauso aus wie meine, kosten aber statt den hundertvierzig Euro, die ich in Berlin bezahlt habe, nur fünfzehn.

Ich stelle mir die Nike-Textilfabriken in Anatolien vor. Zwei identische Gebäude nebeneinander, in einem werden meine echten Nike-Schuhe hergestellt, im anderen die unechten. Einmal im Jahr kommen die Nike-Verantwortlichen mit ihren Anwälten aus den USA angereist und lassen die zweite Fabrik schließen. Die türkischen Besitzer lachen am Abend über die Nike-Manager, trinken einen Raki – und am nächsten Tag hat die zweite Fabrik wieder auf.

Als ich so vor den Fake-Nike-Sneakers stehe und mir überlege, mir sie einfach noch mal zu kaufen, taucht plötzlich ein Mann vor mir auf. Er trägt einen pechschwarzen, sympathischen Schnurrbart. Alle Verkäufer haben buschige Schnurrbärte, fällt mir auf – jedenfalls in meinen Geschichten.

»Germany?«, fragt er.

Ich nicke.

»Hättest du einen Schnurrbart, sähst du aus wie ein türkischer Mann«, sagt er in perfektem Deutsch.

»Ich werde darüber nachdenken«, sage ich.

»Ich würde dir gerne ein Angebot unterbreiten«, sagt der Mann.

»Die Turnschuhe habe ich bereits.« Ich deute auf meine Füße.

»Darum geht es nicht.« Er kratzt sich am Schnurrbart. Für einen kurzen Moment habe ich den Eindruck, er sei nur aufgeklebt.

»In meinem Laden findest du alles, was du dir je erträumt hast und was du schon immer wolltest, mein Freund.« Er fasst mich sanft am Arm und führt mich von der Straße weg in eine kleine Seitengasse. Hier ist es ruhig und bis auf ein paar Katzen menschenleer.

Der Laden sieht eher aus wie eine Garage. Wir treten ein, und es ist so düster, dass ich kaum etwas erkennen kann. Ich setze mich auf einen alten Plüschsessel, und nach zwei Minuten kehrt der Mann mit zwei Gläsern süßen Tees aus der Dunkelheit zurück.

»Was möchtest du denn gern kaufen?«, fragt er mich. Sein Schnurrbart scheint an einer Ecke etwas näher am Mund zu hängen.

»Ich bräuchte neue Hosen«, sage ich.

»Kein Problem.« Der Mann verschwindet wieder in der Dunkelheit und kommt eine Minute später mit einer perfekten Acne-Jeans zurück. Sogar meine Größe hat er richtig erraten.

»Ich mache dir einen Sonderpreis«, sagt er.

»Haben Sie auch Fred-Perry-Hemden?«, frage ich.

»Natürlich.« Der Mann verschwindet wieder und kehrt mit zwei karierten Hemden zurück. Auch sie sitzen perfekt.

»Mein Freund«, sagt der Mann, zwinkert mir freundlich zu und nimmt einen Schluck aus seinem Teeglas. »Sind diese langweiligen Kleidungsstücke das, was du wirklich willst? Was erwartest du denn vom Leben?«

»Ich weiß nicht.« Ich beobachte eine schwarze Katze, die fast blau schimmert und gemütlich auf einem Plüschsessel nicht weit von mir sitzt. »Ich würde gern mal einen Elch in freier Wildbahn sehen.«

Der Mann schüttelt traurig den Kopf. »Elche habe ich zurzeit keine da, die kommen erst morgen wieder rein. Gibt es noch etwas anderes?«

»Vielleicht einen Doktortitel?«, schlage ich vor.

»Das dagegen dürfte kein Problem sein.«

Dieses Mal bleibt der Mann etwas länger weg. Die Katze beobachtet mich misstrauisch, irgendwie kommt sie mir bekannt vor. Ihr Gesicht erinnert ein wenig an Silvio Berlusconi. Ich werfe ihr ein Stück *Ritter Sport Alpenmilch* zu, das ich zufällig in meiner Hosentasche finde, aber sie miaut nur kurz missbilligend.

In diesem Moment steht der Mann wieder vor mir und drückt mir ein Stück Papier in die Hand. Es ist ein Promotionszeugnis in Philosophie. Er reicht mir einen Stift und ich trage meinen Namen ein.

»Und was wollen Sie nun machen, Herr Dr. Lehmann?«, fragt der Mann lächelnd. Sein Schnurrbart hängt jetzt an beiden Seiten auffällig herunter. Einzelne Haare stehen schon in den Mund. Mit seinen Zähnen knabbert er an ihnen.

»Ich könnte endlich einen erfolgreichen Roman schreiben.«

Dieses Mal bleibt der Mann lange weg. Ich trinke den letzten Rest des vorzüglichen Tees und beobachte weiter die blaue Katze, wie sie gelangweilt an einem halbtoten Baby-Eichhörnchen schleckt, das sie wohl gerade gefangen hat.

Schließlich kehrt der Mann mit einer großen Mappe zurück und reicht sie mir. Darin liegt ein fertiges Romanmanuskript.

»Es ist der achte Teil einer Reihe über einen Zauberlehrling«, sagt der Mann, der nun gar keinen Schnurrbart mehr trägt und so seinerseits ein wenig wie Berlusconi aussieht.

»Aber was soll das alles kosten?«, frage ich.

»Du musst mir nur deine Seele verkaufen.« Der Mann lacht laut auf, und ich lache auch. In der kleinen Garage hallt unser Lachen gespenstisch wieder, bis es endlich erstirbt und der Mann mich ernst ansieht.

»Okay«, sage ich schließlich, und wir geben uns die Hand. »Ich bin bis jetzt ohnehin davon ausgegangen, dass es gar keine Seele gibt, da fühlt sich das gar nicht wie ein großer Verlust an.«

Dann verabschieden wir uns, und ich verlasse die Garage.

Ich habe das ungute Gefühl, einer von uns beiden wurde gerade übers Ohr gehauen. Nachdenklich überquere ich wieder die Galata-Brücke und laufe zurück Richtung Beyoğlu. Und ich weiß auch wer: er! Seele verkaufen, hallo? Was für ein Schwachsinn.

Zuhause

DIE VERFLIXTE BIOKISTE

Meine Freundin und ich haben ein paar Freunde zu einem Frühlingsdinner eingeladen. Das macht man in unserem Alter jetzt so, hatte meine Freundin gesagt. »Wenn wir schon keine Kinder haben, dann müssen wir wenigstens ein Abendessen ausrichten«, sagte sie, überließ dann aber mir die Zubereitung der Speisen. Sie selbst wollte sich um die Weinauswahl kümmern.

Ich koche also mein bestes und über lange Jahre bewährtes Gericht: Spagetti mit Fischstäbchen. Zum Nachtisch soll es Snickers-Eis geben. Also, nicht direkt Snickers-Eis, sondern die Fake-Variante von Aldi.

Unsere Gäste sind aber not amused:

»Ihh, Kohlenhydrate«, ruft einer.

»Ihh, Fisch«, ein anderer.

»Ihh, Tier, das esse ich doch nicht«, ein dritter.

»Ach, in Fischstäbchen ist doch eh kein Fisch drin, sondern nur Sägespäne«, versucht meine Freundin zu vermitteln und nimmt einen Schluck Sternburg, das sie dann doch statt des Weins besorgt hat. »Schließlich sind wir Vegetarier!«

Die Freunde sind jedoch empört vom Tisch aufgesprungen, pulen ihren schreienden Kindern Marlene und Dietrich (haha, sind sie nicht witzig, die jungen Eltern) die Fischstäbchen aus dem Mund, schnallen sie sich mit komplizierten Wickeltechniken vor den Bauch und düsen mit ihrem Hybrid-Saab davon.

»Das ging ja ganz schön nach hinten los«, sagt meine Freundin, während sie die Fischstäbchen an unsere fette Katze verfüttert, die sie dann später bestimmt wieder irgendwo runterkotzt.

»Ja«, sage ich, »dabei habe ich extra die teuren Fischstäbchen von Iglo gekauft.«

Ich weiß nicht, wann das passiert ist, dass Essen plötzlich so wichtig wurde. Je älter man wird, desto komplizierter wird das mit dem Nahrungsaufnahmeverhalten. Einige essen immer mehr und exquisiter, decken sich im Feinkostladen mit französischer Gänseleberpastete ein und lassen sich eine Biogemüsekiste aus Brandenburg liefern. Die anderen essen immer weniger: Nur noch saisonal und regional, kein rotes Fleisch, keine Tierprodukte. Am Ende dieser Kette steht mein Freund Maik, der eigentlich gar nichts mehr isst, denn er ist Veganer, mag aber kein Gemüse. Hin und wieder sieht man ihn traurig die Erde von einer rohen Kartoffel lutschen.

Auch die Themen, über die man sich beim Essen unterhält, werden immer langweiliger: Krankenversicherungen, der neue Italiener vorne an der Ecke, Kinder, diese leckere Tofu-Pferdesalami, die es gerade bei Bio Company im Sonderangebot gibt, Ikea, Mülltrennung, diese leckeren Babys, die es gerade im Ikea-Kinderparadies im Sonderangebot gibt. Wo wird das enden, wir sind doch gerade erst dreißig? Ich muss an meine Eltern denken. Die sprechen im Grunde nur noch über das Wetter und ihre Verdauung. Und den Zusammenhang von beidem.

Ich blicke wieder zu meiner Freundin, die der fetten Katze gerade das neunte Fischstäbchen zuwirft, das diese ohne Schlucken herunterwürgt.

»Jetzt ist aber mal genug«, sage ich. »Du weißt, wie hoch ihr Cholesterin ist.«

»Ach, wenn wir die Katze zugrunde richten, dann fragt uns wenigstens keiner mehr, wann wir denn endlich Kinder kriegen«, sagt meine Freundin.

»Stimmt«, sage ich und werfe der Katze noch ein Snickers-Eis hin.

Am nächsten Wochenende sind dann meine Freundin und ich zu einem Dinner eingeladen. Es gibt als Vorspeise Ingwer-Tofu-Wachtel, als Hauptspeise veganes Elch-Seitan-Risotto an alkoholfreier Rotweinsoße, das Dessert besteht aus entkoffeiniertem und laktosefreiem Tiramisu.

Ich habe Marlene und Dietrich ein paar Fischstäbchen mitgebracht, die ich ihnen heimlich zuwerfe. Sie sind trotz ihrer eineinhalb Jahre im Fangen fast so geschickt, wie die fette Katze. Vielleicht könnte man da mal einen Wettkampf organisieren.

»Wir haben jetzt auch eine Biokiste abonniert«, sagt der Vater von Marlene und Dietrich. »Das ist echt viel besser als dieser Supermarktfraß. Und sonst hätten wir nie entdeckt, wie lecker eigentlich Pastinaken schmecken.«

»Wenn's regnet, bekomme ich immer Durchfall«, sage ich.

Alle schauen mich entgeistert an. So weit wie meine Eltern sind sie anscheinend doch noch nicht.

»Marlene, was hast du denn da im Mund?«, ruft auf einmal die Mutter aufgebracht. Das blöde Kind zeigt grinsend auf mich und sagt: »Fischstäbchen.«

»Petze«, rufe ich.

Da sind ja Katzen noch besser, denke ich, die können wenigstens nicht sprechen.

Später, wieder zuhause, lasse ich mich auf unser Sofa fallen. »Eigentlich hat das Essen ganz gut geschmeckt«, sage ich. »Das macht wirklich einen Unterschied, dieses Biozeugs.«

Meine Freundin hebt misstrauisch die Augenbrauen.

»Und mit Marlene und Dietrich kann man auch echt Spaß haben, die sind schon voll niedlich.«

Meine Freundin weicht einen Schritt vor mir zurück.

»Vielleicht sollten wir eine Biokiste abonnieren«, sage ich. »Und zwei so süße Kinder könnten wir uns auch besorgen. Wir könnten sie Frieda und Karlo nennen. Oder Udo und Jürgen. Oder Anne und Frank.«

»Schau mal«, ruft meine Freundin und deutet unter den Tisch. »Die Katze ist tot.«

Die Hölle

METAMORPHOSEN

1

Die Beerdigung der Katze wurde eine traurige und leider auch anstrengende Angelegenheit. Für die Biotonne war sie zu fett, außerdem meinte meine Freundin, dass sie eine richtige Bestattung verdient hätte. Also musste ich im Park ein sehr großes Loch ausheben, immer in der Angst, dabei von marodierenden Rollenspielern entdeckt zu werden.

Jetzt stehe ich im Späti gegenüber und bestelle eine Fritz Kola. Der Verkäufer lächelt mich wie immer hinter seinem buschigen Schnurrbart sympathisch an.

»Mein herzliches Beileid«, sagt er mitfühlend und reicht mir eine Flasche.

»Ach, es gibt schlimmere Probleme auf der Welt als den Tod einer fetten Katze«, sage ich und nehme einen kräftigen Schluck. »Denken Sie nur an den Nahen Osten. Wobei ich für diesen Konflikt schon lange die perfekte Lösung gefunden habe: Man sollte einfach zwei Staaten gründen.«

»Ich will Ihnen nicht zu nahe treten«, sagt der Späti-Verkäufer, »aber die Idee gibt es schon.«

»Ich dachte da nicht an ein Land für Palästinenser und ein Land für Israelis«, sage ich, »sondern an einen Staat für die Menschen, die Krieg wollen, und einen für die, die Frieden wollen. Im Krieg-Staat dürfen dann alle Krieg machen, im Friedens-Land herrscht Friede und Freude. Einmal im Jahr kann man dann entscheiden, wo man lieber leben möchte.«

»Eine interessante Idee«, sagt der Späti-Verkäufer anerkennend.

»Das Konzept könnte man auch auf die ganze Welt anwenden«, sage ich, »es würde einfach ein Kontinent eingerichtet, wo alle Kriegsbegeisterten leben könnten – sagen wir zum Beispiel Nordamerika, da bräuchte man auch nicht so viele umsiedeln – und im Rest der Welt herrscht immerwährender Friede.«

Der Späti-Verkäufer blickt mich lange an, dann sagt er: »Ich bin gar kein Späti-Verkäufer, sondern Barack Obama.« Er verwandelt sich in den amerikanischen Präsidenten und Friedensnobelpreisträger. Obama lächelt mich an, holt einen Peilsender aus seinem Sakko und drückt ihn mir in die Hand.

»Das heißt, wir können meinen Plan jetzt wirklich umsetzen, Herr Präsident?«, rufe ich freudig.

In diesem Moment werde ich von einer amerikanischen Drohne in die Luft gesprengt und bin sofort tot.

2

Wir schreiben den 11. November im Jahre 2038. Ich feiere mit einer riesigen Party meinen Eintritt ins Rentenalter. Obwohl ich ja eigentlich nie richtig gearbeitet habe.

Ich kippe gerade mein zehntes Hooch, da kommt mein

Sohn Sebastian Agamemnon Santa Cruz Lehmann II* grinsend auf mich zu. Ich habe zwei große Fehler in meinem Leben begangen: Erster Fehler: einen Sohn zu zeugen. Den zweiten habe ich jetzt gerade vergessen.

»Total die schöne Geburtstagsfeier, lieber Papa«, sagt mein Sohn und will mich tatsächlich umarmen. Ich weiche schnell aus.

»Was willst du, Schleimer?«, rufe ich.

»Ähm, also, mit dem Studium läuft es gerade nicht so gut, ich dachte, vielleicht, könntest du …«

»Im wievielten Semester bist du denn inzwischen, Sebastian Agamemnon?« Ich exe mein nächstes Hooch.

»Ich bin im sechzehnten Semester, Vater«, antwortet mein Sohn.

»Du Versager! In deinem Alter war ich schon im neunzehnten Semester.« Ich muss laut lachen, bekomme dann aber einen schlimmen Hustenanfall. Sofort zünde ich mir eine Zigarre an und puste meinem Sohn den Rauch ins Gesicht. »Du willst also nur wieder Geld, was?«

Die Augen meines verblödeten Sohns füllen sich mit Tränen. Wahrscheinlich wegen des Rauchs. »Du hast wirklich keine Seele«, sagt er.

»Na, klar«, rufe ich. »Die habe ich schon vor deiner Geburt verkauft.«

»Sehr witzig, Papa«, flüstert er. »Opa hat mir jedenfalls erzählt, dass er dir noch Geld gezahlt hat, als du schon fünfundvierzig warst, und ich bin erst dreißig.«

»Die Zeiten haben sich geändert! Ich konnte noch mein ganzes Leben lang auf Kosten meiner Eltern in Berlin Party

* Seine Mutter, meine siebte Ehefrau, Gott hab sie selig, entstammte einem griechisch-spanischen Adelsgeschlecht.

machen und um die Welt reisen. Aber das Geld hat nur für eine Generation gereicht, du musst wieder arbeiten.«

Jetzt weint mein Sohn wirklich, dieses Weichei. Ich streiche ihm kurz über seinen Kopf. Die Geste kostet mich einige Überwindung, doch er beruhigt sich langsam wieder, ist ja auch echt peinlich vor all den Gästen.

»Schau mal, Vater, ich habe noch nicht einmal winterfeste Kleidung und draußen ist es so kalt. Vielleicht könntest du einfach deinen schönen Mantel teilen und eine Hälfte mir geben, damit ich es auch warm habe.«

»Vergiss es, Schmarotzer, der Mantel ist nagelneu. Hat mich den letzten Rest vom Erbe deines Opas gekostet.«

Plötzlich verwandelt sich mein Sohn in Gott.

»Ich wollte dich nur prüfen, ob du den Bedürftigen Hilfe leisten würdest, so wie einst auch dir Hilfe zugekommen ist«, sagt Gott.

»Scheiße, Gott, warum hast du mich nicht gefragt, ob ich meinen Sohn für dich opfern würde? Das hätte ich liebend gern getan. Übrigens: Wenn ich der Vater von Gott bin, wer bin dann ich? Darth Vader?«

Da trifft mich ein Blitz, und ich bin sofort tot.

3

Als ich wieder aufwache, liege ich auf einem Kahn und fahre über den Styx ins Totenreich. An meine Brust ist ein kleiner Zettel festgetackert: »Hat Seele verkauft. Bitte direkt in die Hölle senden.«

Am Eingang zum Hades erwartet mich mein Späti-Verkäufer.

172

»Barack Obama ist tot?«, rufe ich entsetzt.

»Keine Sorge, ich bin der echte Späti-Verkäufer«, sagt er und streicht sich seinen Schnurrbart zurecht.

»Na, dann hätte ich jetzt gern eine Fritz Kola«, sage ich und lache. Der Verkäufer sieht mich aber traurig an.

»Im Hades hat leider Coca-Cola das Monopol.« Er reicht mir eine Vanilla-Coke.

»Das ist ja die Hölle«, sage ich, als ich einen Schluck genommen habe, und muss unkontrolliert lachen.

»Hölle, Hölle, Hölle, Hölle«, ruft der Späti-Verkäufer und verwandelt sich in meinen Vater.

»Du nichtsnutziger Sohn«, schreit er. »Jetzt musst du bis ans Ende aller Tage eine sinnlose Tätigkeit verrichten, als Strafe dafür, dass du dein ganzes schändliches Leben lang nur auf meine Kosten gelebt hast. Außerdem sind deine Witze noch schlechter als meine.«

Und von da an muss ich jeden Tag ein Fass Fritz Limo Melone auf einen Berg rollen, und wenn ich oben angekommen bin, bekomme ich einen Newsletter von Gott, in dem steht, dass unten schon das nächste Fass bereitsteht. Und alles fängt wieder von vorne an.

Zuhause

MEIN LEBEN
ALS KAFKA-ROMAN:
VOR DEM CLUB

Es ist spätabends, als L. ankommt. Die große Stadt liegt in tiefem Schnee, aber L. ist sehr betrunken, deswegen ist es ihm egal. Nach langen Suchen findet er einen Nachtclub, aus dem laute Musik dröhnt und aus dessen Tür ein heller Glanz zu dringen scheint. Davor steht ein Türsteher in einem langen, goldenen Pelzmantel.

Zu diesem Türsteher geht L. und bittet um Einlass zu der Party. Der Türsteher schüttelt aber nur seinen tätowierten Kopf.

»Darf ich vielleicht später eintreten«, fragt L. frierend.

»Es ist möglich«, antwortet der Türsteher, »jetzt aber nicht.«

Andere Partypeople kommen, es bildet sich eine lange Schlange, die vor dem Eingang auf Einlass wartet, der helle Glanz aus dem Inneren erleuchtet sie schwach. Immer wieder werden einzelne Personen mit einem Wink des Türstehers zum Einlass gebeten und dürfen eintreten. Sogar die Gruppe besoffener Touristen, die lauthals »Ficken, Saufen, Ficken« brüllen, werden eingelassen.

L. aber, die ganze Zeit über vergeblich wartend, wird immer wieder abgewiesen.

174

»Warum darf ich denn nun nicht eintreten, die anderen aber schon?«, fragt er schließlich.

»Geschlossene Gesellschaft«, sagt der Türsteher rüde. »Außerdem ist angemessene Kleidung eine Voraussetzung für den Einlass.«

»Wie heißt denn dieser Nachtclub, der solch feste Regeln besitzt?«

»Das Schloss«, antwortet der Türsteher.

L. versteht die Worte des Türstehers nicht, er sieht die Schuld nicht bei sich, schließlich ist er ja wohl cool genug, in den Club zu kommen, er hat sich sogar extra ein Hemd und die guten Lederschuhe angezogen.

Also überlegt er, wie er doch in den Nachtclub kommen könnte, Tage und Wochen vergehen, Schnee fällt ohne Unterlass, bis zur Brust ist L. schon darin versunken.

»Wenn ich aber nun ohne deine Erlaubnis eintreten würde?«, fragt L. endlich.

»Versuche es nur, trotz meines Verbots hineinzugehen. Merke aber: Ich bin mächtig. Und ich bin nur der unterste Türsteher. Von Floor zu Floor stehen Türsteher, einer mächtiger als der andere. Schon den Anblick des dritten kann nicht einmal ich mehr ertragen. Sie sind sogar noch viel hässlicher, dümmer und rassistischer als ich.«

Solche Schwierigkeiten hatte L. nicht erwartet, aber als er jetzt den Türsteher in seinem Pelzmantel genauer ansieht, die tätowierten Spinnenweben auf dem Gesicht, die unzähligen Piercings in Nase und Ohren, seine krumme Boxernase, entschließt er sich, doch lieber weiter zu warten.

Wieder vergehen Wochen, und L. verharrt immer noch vor der großen Tür, aus der heller Glanz dringt, inzwischen bis zum Kinn mit Schnee bedeckt. Er ist schon ganz abgemagert vom langen Warten, denn er möchte nicht vom Eingang weggehen, um etwas zu essen, nicht dass vielleicht gerade in seiner Abwesenheit die Zeit für seinen Einlass gekommen ist und er es verpasst.

Viele Menschen aus der großen Stadt kommen nun, nicht um vor dem Club anzustehen, sondern um L. zu betrachten, den dürren, abgemagerten Künstler des Wartens.

L. hatte sich vor seiner Reise gut ausgerüstet mit Wegebieren und anderen Spirituosen und verwendet nun alles, und sei es noch so wertvoll, wie etwa die Flasche Smirnoff Wodka, um den Türsteher zu bestechen. Dieser nimmt zwar alles an, aber sagt dabei: »Ich nehme es nur an, damit du nicht glaubst, etwas versäumt zu haben.« Dann öffnet er die Flasche Wodka und trinkt sie ohne abzusetzen leer. Schließlich resigniert L.

Jahre vergehen und er verlässt den Eingang des Nachtclubs nun nicht mehr deshalb nicht, weil er noch die Hoffnung hätte eingelassen zu werden, sondern weil es ihm eine fast schon liebe Gewohnheit geworden ist.

Am Ende seines Lebens, L. ist sehr alt geworden, sein Kopf vollkommen versunken im Schnee, will er noch eine letzte Frage, die er bisher nicht wagte zu stellen, an den Türsteher richten. L. befreit sich notdürftig vom Schnee und winkt ihm zu, da er seinen erstarrenden Körper nicht mehr aufrichten kann. Der Türsteher muss sich tief zu ihm hinunterneigen, denn der Größenunterschied zwischen den beiden Männern hat sich sehr zu Ungunsten von L. verändert, obwohl er vorher schon sehr groß war.

»Was willst du denn jetzt noch?«, fragt der Türsteher genervt.

176

»Ich konnte nicht anders, als hier zu warten«, haucht L. schwach.

»Aber warum konntest du nicht anders?«

»Ich habe keinen anderen Club gefunden, der mir gefallen hätte«, sagt L. »Es gibt einfach keine guten Clubs mehr, überall nur diese zugedrogten Touristen.«

»Na ja, eigentlich lag es gar nicht an dir«, sagt der Türsteher, »ich hatte nur keine Lust dich reinzulassen, weil ich mich gern aufspiele und denke, ich bin der Coolste von allen und so. Doch jetzt ist es auch zu spät. Ich schließe nun diesen Eingang. Er war für alle bestimmt, nur nicht für dich.«

Ende.

Zuhause

LANGWEILIG 4 JETZT GEHT'S ERST RICHTIG LOS

Ich fahre traurig mit der U-Bahn durch Kreuzberg. Der Himmel ist grau, die Stadt ist grau, und sogar einzelne Haare an meiner Schläfe sind inzwischen grau. Mir gegenüber sitzen zwei Mädchen, ich schätze sie auf ungefähr siebzehn. Sie haben unglaublich große Brüste, die aus ihren lila Tops herauszuspringen drohen. Obwohl sie so jung sind, wirken ihre Gesichter schon geliftet und gebotoxt, und sie sehen aus wie eine Mischung aus Britney Spears und Wolfgang Joop. Alles wird immer hässlicher, denke ich. Die Menschen, die Stadt, sogar ich. Dann sehe ich das kleine Werbeplakat, das über den Mädchen hängt.

»Niedergeschlagen?« fragt es mich in blauer Schrift.

Oh, ja, denke ich.

»Traurig?«, fragt es weiter. »Hoffnungslos und ohne Schwung?«

Woher weiß es das nur?

»Schlechter Schlaf?«

»Natürlich!«, rufe ich. Die beiden Mädchen blicken mich irritiert an.

»Kennen Sie eines oder mehrere dieser Symptome?«, fragt das Plakat weiter.

»Alle«, rufe ich.

»Dann leiden Sie an einer Depression.«

»Was?«

»Sie lesen schon richtig: Sie haben eine Depression.«

»Was soll ich denn jetzt machen?«, frage ich.

»Nehmen Sie an einer Studie des Dr.-Leid-Instituts teil«, sagt das Plakat. »Wir helfen Ihnen.«

»Sie meinen, ich soll Medikamente testen, die noch nicht auf dem Markt sind?«, frage ich.

»Redet der Typ gerade mit einem Plakat?«, fragt das eine Mädchen seine Freundin.

Eine Stunde später betrete ich den Warteraum des Dr.-Leid-Instituts. Dort sitzt Vin Diesel und starrt traurig an die weiße Wand.

»Vin, warum hast du mir denn nichts gesagt? Ich wusste ja gar nicht, dass es dir so schlecht geht.«

»Es ist nur ein Kratzer«, sagt Vin.

»Vin, das ist keiner von deinen Filmen«, sage ich. »Was hast du denn für Probleme?«

»Ach, manchmal überkommt mich diese Angst vor dem Nichts. Dass ich irgendwann einfach nicht mehr bin«, sagt Vin und wischt sich eine Träne von der Wange.

»Aber jetzt, in diesem Moment, existieren wir, und erst in dieser Angst vor dem Nichts – also im Grunde vor dem Tod – erkennen wir, dass Seiendes ist, und nicht vielmehr Nichts, wie Heidegger sagen würde. Und dieses Erkennen macht uns in gewissem Sinne auch frei unser Leben zu leben.«

Vin sieht mich erstaunt an. »Aber Sebastian, warum bist du dann hier? Scheinbar bringt dir diese Erkenntnis im realen Leben nicht viel, sonst würdest du nicht die ganze Zeit um die Welt reisen und etwas suchen, was es vielleicht gar nicht gibt.«

Ich nicke traurig, nehme Vin in den Arm, und so sitzen wir eine Weile still da, bis sich die Tür des Warteraums öffnet und Godot hereinkommt.

»Ich hasse Wartezimmer«, sagt Godot.

»Du auch hier?«, frage ich erstaunt.

»Diese ganze Warterei macht mich einfach traurig«, sagt Godot.

Wir nehmen ihn in unsere Mitte und drücken ihn ganz fest an unsere zitternden Körper. Schon geht es uns allen ein wenig besser.

Plötzlich schlägt die Tür auf und ein Mann in weißem Kittel betritt den Warteraum.

»Mmmhhh, guten Tag, ich bin S. Leid, Ihr Psychiater.«

»*Es leid* bin ich auch«, sage ich und kichere unkontrolliert. »Wisst ihr, ›es‹ wie ›S‹ und …«

»Ist ja gut«, ruft Vin genervt.

Dr. Leid schaut sich nervös im Wartezimmer um. »Mmmhhh, zum Glück ist der Typ mit seinem Känguru nicht wieder aufgetaucht.«

»Herr Doktor, wir würden gern an dieser Medikamentenstudie teilnehmen«, sage ich. »Wir haben Depression.«

»Ich muss Sie allerdings warnen«, sagt Dr. S. Leid, »die Einnahme des Medikaments kann verschiedene Nebenwirkungen hervorrufen, unter anderem Müdigkeit, Langeweile, Depression, partieller Gedächtnisverlust, Tod und sogar leichte Kopfschmerzen.«

Er kramt ein paar bunte Pillen aus seinem Arztkittel und reicht Godot und Vin Diesel je zwei Pillen.

»Warum bekomme ich denn keine?«, frage ich.

»Tut mir leid«, sagt Dr. S. Leid. »Sie haben wohl vergessen, dass Sie schon seit mehreren Wochen Studienteilnehmer sind.«

Er wendet sich wieder Vin und Godot zu, und ich verlasse traurig das Institut. Was wollte ich nochmal? Ich habe Kopfschmerzen, also gehe ich zur Apotheke.

»Einmal Aspirin«, sage ich zur Apothekerin.

»Mmmhhh, Aspirin«, sagt die Apothekerin und holt eine Packung Aspirin.

Zuhause

DIE VERGANGENHEIT IST NUR EINE WOGENDE NUSSSCHALE AUF DEM UNENDLICHEN MEER DES NICHTS

»Was machst du eigentlich so den ganzen Tag zuhause, wenn ich arbeite und unseren Lebensunterhalt verdiene?«, fragt meine Freundin, als sie erschöpft am Abend von ihrem Bürojob heimkommt.

»Ich schreibe an meiner Autobiographie«, sage ich. »Ich nenne sie *Die Rache des kleinen Mannes*.«

»Nur weil du dreißig geworden bist und viel Vergangenheit angehäuft hast, heißt das noch lange nicht, dass diese Vergangenheit auch für andere interessant ist«, sagt meine Freundin.

Ich lasse meinen Füllfederhalter fallen und trete von meinem Schreibpult zurück, an dem ich den ganzen Tag zugebracht habe. »Die Erinnerungen an meine glückliche Kindheit machen mich erst zu dem wundervollen Menschen, der ich heute bin«, sage ich.

»Du kannst dich ja nicht mal erinnern, was wir gestern zu Abend gegessen haben, wie willst du dich da an deine Kindheit erinnern?«, sagt meine Freundin und setzt sich auf den Ohrensessel neben mir.

»Ich kann mich noch bestens an meine jungen Jahre erinnern«, gebe ich zurück. »Zum Beispiel an die Schulferien, die ich in Cornwall verbrachte. Dort gab es eine Felseninsel, zu der man nur mit einem Boot gelangte. In den unzähligen Höhlen auf der Insel verbrachte ich manch einsamen Nachmittag. Dann lernte ich drei andere Kinder kennen, die auch gerade Ferien hatten. Zusammen mit Timmy, einem sehr intelligenten Hund, erforschten wir die Insel.«

»Ihr wart also zu fünft?«, fragt meine Freundin.

»Ja, wir waren fünf Freunde! Das war mit die schönste Zeit in meinem Leben.«

Meine Freundin lehnt sich im Sessel zurück und zieht eine Augenbraue hoch.

»Auch an meinen Onkel Peter erinnere ich mich noch gut. Er trug gerne Latzhosen und wohnte am Stadtrand in einem umgebauten Bauwagen.«

»Lustig, dein Onkel hieß also Peter«, sagt meine Freundin und schaut mich misstrauisch an.

»Mein Onkel Peter war damals ein wichtiger Bezugspunkt für mich, denn ich wuchs ja alleine ohne Eltern auf, weil mein Vater Seeräuber war und im Taka-Tuka-Land …«

»Ich muss dich enttäuschen«, unterbricht mich meine Freundin, »du erinnerst dich da falsch.«

»Nein, ich bin mir ganz sicher, später wurde ich dann nämlich von einer Hexenfamilie adoptiert. Meine Halbschwester Bibi und der fliegende Elefant mit den großen Ohren …«

»Elefanten können nicht fliegen«, sagt meine Freundin und streicht mir sanft über den Kopf.

»Natürlich, einmal bin ich doch sogar auf seinem Rü

cken mitgeflogen. Später sind wir dann auf eine kleine Insel mit zwei Bergen umgezogen, dort gab es sogar eine eigene Eisenbahnlinie, ich stell dich gerne mal meinem alten Freund Lukas vor, der war dort Lokomotivführer.«

»Das sind nicht deine eigenen Erinnerungen, mein Lieber«, sagt meine Freundin. Sie steht von ihrem Sessel auf und wandert durch mein Schreibzimmer.

»Das kann nicht sein«, sage ich. »Ich erinnere mich zum Beispiel noch sehr gut, wie ich damals mit meinen Freunden Justus, Jonas und Bob ...«

»Die Drei Fragezeichen kenne ich auch«, ruft meine Freundin und bleibt vor meiner großen Bücherwand stehen.

»Ach, wirklich? Ist ja witzig, dass wir schon früher gemeinsame Freunde hatten.«

»Nicht persönlich, sondern von Kassette.«

Schweigend blicken wir uns an.

»Du meinst, meine ganzen Erinnerungen an meine Kindheit sind gar nicht echt?«, frage ich schließlich.

Meine Freundin nickt.

Traurig gehe ich zum Fenster und schaue hinaus. Gelblich-braune Blätter rieseln von den Bäumen in unserem Garten, es regnet leicht. Der Herbst ist da. Eine einsame Träne kullert langsam meine Wange hinunter.

»Meine Vergangenheit ist nur eine Simulation?«, frage ich leise.

Meine Freundin steht hinter mir am Fenster und nimmt meine Hand. »Ja, mein Schatz, so sieht es aus.«

»Ich kann nicht glauben, dass es Peter, Bibi, Lukas und die anderen nie gegeben haben soll. Was bleibt dann noch von mir, wenn meine ganze Vergangenheit nur eine Schimäre ist? Ich bin doch nur die Summe meiner Erinnerungen. Und jetzt, ohne diese Erinnerungen, bleibt von mir nur noch ein Nichts, ein Vergangenheitsvakuum.«

»Aber wir haben ja noch uns«, sagt meine Freundin und umarmt mich. »Wir mussten so lange für unsere Liebe gegen unsere verfeindeten Familien kämpfen.«

Eng umschlungen stehen Julia und ich am Fenster und blicken auf die Dächer von Verona. Gerade geht die Sonne am lila-blauen Abendhimmel glühend unter. Immerhin die Gegenwart spendet noch Trost.

Finnland

KEIN ELCH.
NIRGENDS

Ein Elch starrt mich an. Viel plakativer kann man eine Geschichte über Finnland kaum beginnen. Leider ist der Elch tot. Sein Kopf hängt mir gegenüber an der Wand und blickt mich mit großen und ein wenig melancholischen Augen an.

Ich bin seit knapp zwei Wochen in Finnland, habe bis jetzt allerdings noch keinen lebenden Elch gesehen. So lange bin ich schon auf der Suche nach einem Elch in freier Wildbahn, aber wo ich auch hinfahre, nie bekomme ich einen zu Gesicht. Kein Elch, nirgends.

In Finnland, so wurde mir von meinem finnischen Freund Akku versichert, würde ich jedoch sicher einem echten Elch in die Augen sehen. Ob Akku ein lebendes Exemplar meinte, weiß ich nicht. Jedenfalls hat die Aussicht, endlich einem Elch zu begegnen, meine Urlaubswahl Finnland nicht unwesentlich beeinflusst. Sonst sind mir nämlich keine finnischen Sehenswürdigkeiten geläufig.

Vor mir auf dem Tisch steht auch ein Elch. In Form von überaus leckeren Fleischbällchen, denn ich sitze bei Akkus Großeltern beim Abendessen. Das Haus der Großeltern ist mitten im Nichts gelegen. Eine Beschreibung, die fast auf jeden Ort in Finnland zutrifft.

»Wenn dir meine Oma nach dem Essen einen Kaffee anbietet, dann mag sie dich«, flüstert mir mein finnischer Freund zu. »Wenn nicht, dann ...« Er beendet den Satz nicht, sondern blickt versonnen den Elchschädel an der Wand an. »Mein Opa jagt noch selbst, jedes Jahr schießt er genau einen Elch«, sagt er dann. »Er besitzt eine Schrotflinte in der Größe einer Panzerfaust.«

Ich sage nicht, dass ich eigentlich gar keinen Kaffee mag. Und Vegetarier bin. Der Elch hatte ja bestimmt auch einen Namen. Erik. Erik, der Elch.

Die Großeltern sprechen kein Deutsch. Und kein Englisch. Aber sie sprechen auch kein Finnisch. Sie schweigen. Ich frage mich, wie die Großmutter überhaupt entscheidet, ob sie jemanden mag.

Nach dem Essen kommt der bange Moment, doch anscheinend habe ich mich nicht daneben benommen, denn die Großmutter gießt Kaffee in die Tasse vor mir. Der Großvater blickt mir dabei zum ersten Mal an diesem Abend tief in die Augen. Hinter seinem Kopf, der nur unwesentlich kleiner ist als der Elchschädel an der Wand, liegt, wie ich erst jetzt sehe, die riesige Schrotflinte im Regal.

Ich trinke an diesem Abend sieben Tassen Kaffee und kann die ganze Nacht nicht schlafen.

Am nächsten Tag fahren wir durch das finnische Nirgendwo nach Helsinki, von wo am nächsten Tag mein Flug zurück nach Berlin geht.

»Auf der Fahrt wirst du sicher einen Elch sehen«, sagt Akku zuversichtlich, als wir ins Auto steigen.

Die Straße führt kilometerlang durch die finnischen Wälder. Hin und wieder ein See. Dann wieder Tannen. Seen und Tannen. Selten kommt ein Auto entgegen. Einmal erkenne ich einen traurigen Mann hinter dem Steuer, der mit großen Schlucken aus einer Wodka-Flasche trinkt.

Im Autoradio läuft finnischer Tango. Das hört sich paradox an, Finnland und diese heißblütige Musik. Doch der finnische Tango ist zähflüssig wie eisgekühlter Wodka aus dem Gefrierschrank. Und nach ein paar Kilometern durch dieses Land kann man sich kaum Musik vorstellen, die besser zu den grünen Tannen, den dunkelblauen Seen und grauen Wolken am Himmel passt. Death Metal vielleicht noch. Aber dafür ist Finnland ja auch berühmt.

Immer wenn wieder eines dieser gelben Warnschilder mit einem Elchbild am Straßenrand steht, starre ich gebannt aus dem Seitenfenster. Doch ich sehe keinen Elch, nirgends.

»Ich begegne immer mindestens einem Elch, wenn ich diese Strecke fahre«, sagt Akku. »Einmal stand sogar einer mitten auf der Straße und wollte nicht weggehen. Ich wartete zwei Stunden, aber der Elch bewegte sich nicht. Schließlich rief ich meinen Großvater an, und er kam mit seiner Schrotflinte.«

Als wir anhalten, weil Akku eine Pause machen will und in einer Raststätte einen Wodka trinkt – »um wach zu werden«, wie er sagt –, erkunde ich etwas die Umgebung. Ich schlage mich durch die dichten Tannen am Straßenrand, vielleicht gibt es ja hier Elche. Nach zehn Metern ist der Wald jedoch zu Ende, und ich blicke auf eine weite, abgeholzte Steppe.

Plötzlich steht Akku neben mir. In der Hand hält er eine halbleere Wodkaflasche.

»Ikea«, sagt er langsam. »Scheiß Schweden.« Er nimmt

einen kräftigen Schluck und reicht mir die Flasche. Ich nehme ebenfalls einen großen Schluck.

»Es gibt gar keine Elche in Finnland, oder?«, frage ich.

»Es gibt überhaupt keine Elche.«

Mein finnischer Freund sieht mir lange in die Augen. Dann leert er mit einem Zug die Wodkaflasche und geht zurück zum Auto. Den Rest des Weges sprechen wir kein Wort mehr.

Am Abend in Helsinki gehen wir in die Bar des berühmten finnischen Filmemachers Aki Kaurismäki. Sie ist ziemlich voll. Das wird ihn traurig machen, denn Aki Kaurismäki findet Menschen lästig und dumm. Deswegen hat er diese Bar aufgemacht, damit er dort immer allein sein Bier trinken kann. Die Bar heißt übersetzt »Zum Russen«, weil Finnen nichts und niemand mehr hassen als Russen (außer vielleicht Schweden) und nie in eine Kneipe gehen würden, die so heißt. Und damit auch keine lästigen Touristen kommen, müssen die Barkeeper ausgesucht unfreundlich sein. Ein Konzept, das auch schon in Berlin nicht aufgegangen ist.

Das Barpersonal ist dann gar nicht so unfreundlich, und Akku und ich trinken jeder einige Biere und Wodkas, während trauriger finnischer Tango spielt.

»Wir waren gar nicht in der Sauna, und heute ist dein letzter Abend«, sagt Akku schließlich.

»Kein Elch und keine Sauna«, sage ich. »Niemand wird mir glauben, dass ich wirklich in Finnland war.«

»Traurig«, sagt Akku.

Ich nicke, und wir schweigen.

In der Bar ist es sehr ruhig, die anderen Gäste sitzen so wie wir einfach am Tisch und trinken ohne zu reden. Später kippt hin und wieder einer um. Das stört die anderen nicht. Sie trinken einfach weiter. Schließlich kippt auch Akku um. Ich lasse ihn auf dem Boden liegen und blicke hinaus in die helle finnische Nacht. Im Sommer wird es hier höchstens so dunkel, dass alles aussieht wie in einem alten Schwarzweißfilm.

Müde lege ich meinen Kopf auf den Tisch, da sehe ich ihn plötzlich. Er steht mitten auf der menschenleeren Straße in Helsinki. Sein Kopf ist mindestens so gewaltig, wie der an der Wand bei den Großeltern. Er blickt mich aus seinen großen Augen melancholisch an – und ganz leise kann ich ihn röhren hören.

Ich schließe meine Augen und schlafe endlich ein.

Zuhause
MANCHMAL
KOMMT MAN AN

Ich wuchte meinen Rollkoffer aus der U-Bahn auf den Bahnsteig. Erschöpft betrachte ich den dreckigen Schriftzug über den Gleisen: »Kurfürstenstraße«.

Zuhause.

Vorne, neben dem verrammelten Kiosk, sitzen zwei Jugendliche auf dem Boden, ich bin mir nicht sicher, ob sie als Punks durchgehen oder ob ihre Lederjacken einfach nur so kaputt sind. Sie erhitzen mit einem Feuerzeug Flüssigkeit auf Alufolie.

Ein Anzugträger mit schwarzem, glänzendem Aktenkoffer beugt sich neugierig zu ihnen herunter. »Was bereiten Sie denn da Schönes zu?«, fragt er. »Das sieht ja lecker aus.«

Die zwei Jugendlichen sehen ihn mit leeren, fast weißen Augen misstrauisch an, und der eine steckt sich eine kleine Metallpfeife in den Mund. Schnell drehe ich mich um und schleppe meinen Koffer die Treppen zur Potsdamer Straße hinauf.

Hier flanieren die Nutten wie eh und je, hier ist West-Berlin noch Westen, hier bröckelt der Putz von den Jugendstilfassaden und rieselt in die Latte Macchiato im Café darunter. Nur dass es keine Latte Macchiato gibt – und auch kein Café, sondern Puschel's Pub. Da servieren sie Herrengedeck – auch für die Damen. Die gießen sich dann morgens den Underberg in den Sekt.

Das Touristenpärchen, das zusammen mit mir auf die Straße tritt, sieht mich verwirrt an. Sie tragen beide das Gleiche: signalrote Jack-Wolfskin-Jacken, beige Dreiviertelhosen mit unzähligen Taschen an den Seiten, riesige Rucksäcke und Trecking-Sandalen. Fehlt nur noch der Feldstecher um den Hals. Schnell merken sie, dass Kurfürstenstraße und Kurfürstendamm doch nicht dasselbe sind.

»Wo ist denn jetzt KaDeWe, Zara, Karstadt, H&M, Mango, H&M, H&M, H&M, H&M und H&M Woman?«, fragen sie mich.

»Tut mir leid«, sage ich und deute die Potsdamer Straße hinunter. »Hier gibt's nur Ein-Euro-Shop, Solar+, Woolworth, LoveSexDreams, Burger King, Sex, Sex, Sex, Sex, Sex und Sex Woman.«

Manchmal kommt man an und ist doch nicht da.

Ein paar Meter weiter stehen zwei vom Altenheim um die Ecke und beobachten die Gang, die auf der Straße ihre großen, dunklen Mercedes auffahren. Orientalische Rhythmen gemischt mit amerikanischen Hip-Hop-Beats dringen basslastig aus den geöffneten Fenstern. Die Alten rauchen stoisch, und der eine mit dem Gehwägelchen muss dem anderen im Rollstuhl beim Anzünden helfen, zu zittrig inzwischen. Die alte Farbe blättert ab von der Jugendstilfassade, vor der sie stehen. Ein Mann in Trainingshose und an den Seiten abrasierten Haaren kommt auf mich zu. »Willst du Pillen?«, fragt er mich. Ich schüttle den Kopf, und er wankt weiter zum nächsten Passanten.

Vor LoveSexDreams, abgekürzt LSD, steht schon seit einem halben Jahr ein Schild: »Sale – Alles reduziert.« Dahinter das speckige Schaufenster mit einer kopflosen Puppe in Lederstrapsen und Peitsche in der Plastikhand. Die Touris sind gleich wieder die Treppen zur U-Bahn runtergestiegen und zwei Stationen weiter Richtung Uhlandstraße.

Ist das überhaupt echt? Oder doch nur eine Simulation? Hat sich das jemand ausgedacht: So, wir bauen mal das ganze Elend aus den Spätabends-Reportagen auf Vox oder Kabel 1 nach. Nehmen das Skript von einer dieser Proleten-Vorführ-Serien und inszenieren es hier auf der Potsdamer Straße?

Ich mache mich auf den Weg nach Hause, der Rollkoffer rattert hinter mir auf dem unebenen Asphalt, und ich umkurve die Haufen mit Hundescheiße. Vorbei an Woolworth. Vorbei am Goldankauf. Auch da bröckelt der Putz. Vorbei an Burger King. Davor ein Obdachloser, der unbehelligt zwischen den Pommes essenden Schülern sein Sternburg trinkt. Vorbei an der Pohlbar, ehemals Buschi's, vierundzwanzig Stunden, sieben Tage geöffnet. Da sitzen sie und stoßen auf »Früher war alles besser« an. Aber so sicher ist das nicht, ob das stimmt mit früher. Egal. Prost.

Manchmal kommt man an und ist doch abhanden gekommen.

Ich möchte eine Kulisse bauen, ein riesiges Standbild, das genauso aussieht wie die Potsdamer Straße in Wirklichkeit. Und dann reißen wir diese Kulisse ein, treten dagegen, bis es umfällt, unser Standbild – und darunter kommt einfach wieder das Gleiche zum Vorschein. Doch vielleicht ist das neue Bild etwas heller und sauberer. Vielleicht ist es

auch nur eine Lichtveränderung, die Sonne hinterm Hochhaus von Möbel Hübner kommt hervor, oder bei *Puschel*
spielt ein besserer Song. Oder die Fassaden der Häuser sind
hell und fest, ein Gerüst davor. Da bröckelt nichts mehr.

Die Tür schlägt zu, und ich stehe im leeren Flur, mein
Koffer neben mir. Alles unverändert, alles vertraut. In mei-
nem Kopf spielt das alte Lied der Gang of Four: »At Home
He Feels Like a Tourist.«

»Was machen wir denn eigentlich hier?« Ja, die Wohnung ist groß und billig, aber dieses Abbröckeln, Abblät-
tern, Verfallen überall.

»Eigentlich ist es schön«, sagst du, nachdem ich meinen
Koffer endlich ausgepackt habe. »Man muss nur etwas länger hinschauen. Okay, ziemlich lange – aber auf einen Ver-
such kommt es an.«

Schließlich wollen wir zusammen hier ankommen.

quellen

Das Zitat auf Seite 97 ist folgender Ausgabe entnommern: Søren Kierkegaard, »Die Krankkeit zum Tode«, Reclam, 1997. Aus dem Dänische von Giesela Perlet.

Das Zitat auf Seite 134 ist folgender Ausgabe entnommen: Albert Camus, »Der Mythos von Sisyphos« in: »Das Früh-werk«, © 1956 Karl Rauch Verlag, Düsseldorf. Aus dem Französischen von Hans Georg Brenner und Wolfdietrich Rasch.

Inhalt

Weit weg: Manchmal kommt man an 5
Zuhause: Das Glück ist mit den Dummen 6
Schweden: Stockholm Syndrom 10
Zuhause: Hotline 15
Zuhause: Tage, an denen etwas passiert 20
New York: Oh, it's so great 24
Zuhause: Väterwitze 29
Zuhause: Die fette Katze 34
Island: Das Nichts 38
Zuhause: Die Tiere sind unruhig 42
Zuhause: Immer und überall 47
Paris: Mein Leben als Nouvelle-Vague-Film 52
Zuhause: Langweilig 56
Bali: Der magische Elch 61
Zuhause: Macht es nicht selbst 66
Freiburg: Das Kaffeekränzchen 71
Freiburg früher: Krieg und Krieg 76
London: Anorak City 81
Zuhause: Überall und immer 89
Zuhause: Langweilig 2 – The Return
    of the Sonderangebotswägelchen 93

196

Kopenhagen: Line 97

Freiburg früher: Jenseits des Kanals 102

Zuhause: Morgen werde ich Vegetarier 109

Zuhause: My ironic Wedding 114

New York: Vin Diesel kauft sich eine Hose
und geht mit mir essen 118

New York: Excuse me, Lou 122

New York: Total Recall 126

Los Angeles: Mein Leben als Action-Film 131

Zuhause: Wie ich versuchte,
etwas Sinnvolles in einer absurden Welt zu tun 134

Zuhause: Im Hinterzimmer meiner
geschundenen Seele 139

Lissabon: Auf der anderen Seite 145

München: Da bin ich lieber arm 151

Zuhause: Langweilig 3 –
Ich kann nicht Emoticon 156

Istanbul: Alles, was ich mir je gewünscht habe 160

Zuhause: Die verflixte Biokiste 165

Die Hölle: Metamorphosen 169

Zuhause: Mein Leben als Kafka-Roman 174

Zuhause: Langweilig 4 –
Jetzt geht's erst richtig los 178

Zuhause: Die Vergangenheit ist nur eine wogende
Nussschale … 182

Finnland: Kein Elch. Nirgends 186

Zuhause: Manchmal kommt man an 191

Leseprobe aus:

GENAU MEIN BEUTEL SCHEMA

Sebastian
Lehmann

Roman

ISBN 978-3-7466-2940-7
Broschur
235 Seiten

1

Quit PLAYING GAMES with my Heart

Ich kann nicht glauben, dass sie hier wirklich dieses Lied spielen. Aber die Leute auf der Tanzfläche rasten aus, werfen ihre Hände in die Luft und singen lauthals mit:

»Quit playing games with my heart.«

Ich schaue mich um. Wahrscheinlich waren die alle noch nicht mal in der Schule, als dieses Lied rauskam, ich scheine der Einzige zu sein, der es aus den neunziger Jahren kennt und hasst. Wie alt war ich damals? Sechzehn vielleicht?

»Quit playing Games with my Heart.«

Erinnerungen an meine Schulzeit blitzen auf, Englischstunde bei Mrs. Franzen. *Bravo*-Starschnitte mit den grinsenden Gesichtern der Backstreet Boys gingen durch die Reihen, und wir Jungs bemalten sie mit Hitlerbärtchen, schließlich verachteten wir Boybands von ganzem Herzen. Aber im Grunde waren wir nur neidisch, weil unsere Angebeteten aus der letzten Reihe Nick Carter viel süßer fanden als uns und lieber mit den Achtzehnjährigen aus der Oberstufe gingen. Hört auf, Spielchen mit meinem Herz zu spielen. Eigentlich war das damals ein Song über mich.

Und jetzt muss ich mir das wieder anhören. Solche Musik hätte ich vielleicht bei Ü30-Partys erwartet, aber nicht in einem illegalen Kellerclub in Neukölln. Inzwischen sind also die neunziger Jahre wieder angesagt. Stecken wir nicht noch mitten im Achtziger-Jahre-Revival? Langsam verliere ich den Anschluss.

»Quit playing Games with my Heart.«

Wie lange dauert dieses Lied denn? Und besteht es nur aus dem Refrain?

Ich gehe zur Bar, die aus einem dilettantisch zusammen-gezimmerten Holztresen besteht, und bestelle ein Bier.

»Sold out.« Der dürre Barkeeper, der eine lila Federboa trägt, blinzelt mich gelangweilt an. »There's only Club-Ma-te-Wodka left«, sagt er in einem hessisch eingefärbten Eng-lisch. Er deutet auf den heruntergekommenen Kühlschrank hinter sich, gefüllt mit unzähligen Flaschen des aufput-schenden Teegetränks.

»Okay, then I'll take one«, sage ich, und der Barkeeper stellt eine große Mate-Flasche vor mich auf den Tresen, ich muss etwas abtrinken, er füllt mit Wodka auf, schüttelt die Flasche kurz und händigt sie mir aus. Sofort nehme ich ei-nen großen Schluck. Ich wünschte, ich wäre jetzt so richtig betrunken, aber wahrscheinlich kann man sich diese Mu-sik nicht einmal schön trinken. Ich dachte, in Neuköllner Clubs spielen sie nur komplizierten Elektro oder deepen Tech-House. Aber nein. Außer man würde »It's My Life« von Dr. Alban als Elektro bezeichnen.

Die Tanzenden sehen auch nicht gerade so aus, als wür-den sie zu Hause solch schreckliche Chart-Mucke aus dem vorletzten Jahrzehnt hören. Sie tragen ausgelatschte Bau-ernstiefel, hautenge Röhrenjeans und ausgeleierte Oversi-zeT-Shirts mit Brustausschnitten, die beinahe bis zum

Bauchnabel reichen, außerdem kleine Wollmützen und riesenhafte Rundschals, obwohl es hier im Keller bestimmt dreißig Grad sind. Ihr wichtigstes Utensil hängt ihnen lässig über der Schulter: ein Stoffbeutel, bedruckt mit grotesk-lustigen Sprüchen, wie zum Beispiel »Du hast keine Angst vorm Hermannplatz« oder »Deine Kinder sind hässlich und dumm. Ich hasse dich, geh doch zurück nach Prenzlberg und trink Bionade, bis du kotzen musst«. Frauen und Männer unterscheiden sich kein bisschen. In Neukölln wurde das dritte Geschlecht erfunden: das Hipster.

»Du tanzt ja gar nicht«, sagt jemand hinter mir, aber in diesem Moment beginnt gerade der schreckliche Neunziger-Trash-Hit »Coco Jamboo« von Mr. President.

»Die Musik«, stammle ich, drehe mich um und schaue einer mir völlig unbekannten, aber ziemlich gutaussehenden Frau in die pastellblauen Augen. Sie trägt ausgelatschte Bauernstiefel, hautenge Röhrenjeans und ein riesiges Oversize-T-Shirt. Auf ihrem Stoffbeutel steht: »Shut up and sleep with me.« Das irritiert mich kurz, aber ich nehme es als gutes Omen.

»Was ist mit der Musik?«, fragt sie und fährt sich mit der Hand durch ihren hellblond gefärbten Undercut.

»Scheißmusik«, präzisiere ich. Ich sollte langsam anfangen, richtige Sätze zu bilden. Schon wieder muss ich an meine Englischlehrerin Mrs. Franzen denken, wie sie mich immer ermahnte: »Please answer in a whole sentence.«

»Als das Lied rauskam, war ich gerade sechs.« Sie lächelt mich an.

Erschrocken weiche ich einen Schritt zurück. Vielleicht sollte ich mir erst mal ihren Ausweis zeigen lassen, bevor das hier weitergeht.

»Dann bist du noch ziemlich jung?«, rufe ich ihr ins Ohr. Jetzt lächelt sie nicht mehr.

»Ich bin einundzwanzig Jahre alt, habe letztes Jahr mein Kommunikationsdesign-Studium mit einem Bachelor of Arts abgeschlossen und arbeite jetzt bei Universal als A&R-Managerin.«

Das ist ja schrecklich. Mit einundzwanzig habe ich damals vor zehn Jahren mein Studium ja erst angefangen. Wahrscheinlich verdient dieses junge Ding auch noch doppelt so viel wie ich.

Ich versuche zu lachen, als hätte sie gerade einen Witz gemacht, aber ich ahne schon, dass das ihr purer Ernst war.

»Mir kommt es immer so vor, als seien die Neunziger gerade erst vorbei«, sage ich, werde allerdings von einem ohrenbetäubenden Chor unterbrochen: der Anfang des uralten Hits »Happy People« von Marky Mark.

Meine junge Gesprächspartnerin hüpft sofort los und macht dabei hysterische Armbewegungen. Das sieht ein bisschen lächerlich aus, aber auch ziemlich happy. Dann hört sie zum Glück wieder auf, beugt sich vor und schreit mir ins Ohr: »Wie heißt du?« Dabei kann ich ihren Atem riechen. Er riecht nach Rauch und Club Mate mit einer Note Wodka.

»Ich heiße Marky Mark«, sage ich.

Ich kann mich übrigens grundsätzlich nicht beherrschen, jeden schlechten Witz zu machen, der sich aufdrängt. Aber meine junge Gesprächspartnerin lächelt zum Glück.

»Mein Name ist Christina Aguilera. Vielleicht wollen wir was trinken an der Bar? Was meinst du, Marky?«

Ich überlege, einen Witz über sie als »Genie in a Bottle« zu machen, beherrsche mich aber gerade noch. Christina

Aguilera zieht mich durch die Menschenmenge zur Bar und bestellt auf Englisch zwei Wodka-Shots beim hessischen Barkeeper. Wir stoßen an und exen die kleinen Plastikbecher. Sie verzieht kurz ihr Gesicht, und das sieht natürlich wahnsinnig niedlich aus.

»Warum tanzt du denn nicht, Marky?«, fragt sie. »Das ist doch deine Musik.«

»Genau deswegen. Außerdem bin ich doch jetzt Schauspieler.«

»Stimmt, besonders gut hast du mir als Dirk Diggler in *Boogie Nights* gefallen.«

Ich verschlucke mich an meiner Mate, aber Christina hat sich schon wieder dem Barkeeper zugewandt und verhandelt über eine zweite Runde Wodka. Wir exen abermals die kleinen Becher, und langsam verfliegt meine Nervosität. Ein bisschen eingeschüchtert bin ich doch, man wird schließlich nicht jeden Tag von hübschen Frauen angesprochen. Und Christina Aguilera fällt hier trotz ihrer Neukölln-Uniform auf. Da kann man auch mal über ihre straighte Karriere im bösen Musikbusiness hinwegsehen.

»Bist du hier öfter?«, frage ich schließlich, weil mir nichts Besseres einfällt.

»Der Club hat doch erst letzte Woche aufgemacht.«

Vielleicht sollte ich den Spruch auf ihrem Stoffbeutel wirklich ernst nehmen, zumindest den ersten Teil.

»Irgendwie kommst du mir bekannt vor«, sagt Christina plötzlich ziemlich ernst dreinschauend.

»Ich bin ja auch sehr berühmt«, sage ich.

»Berühmt ja, aber für was?«

»Na ja, ›Dirrty‹ ist jetzt auch nicht gerade das komplexeste und anspruchsvollste Lied.«

»Aber meine Stimme, Marky. Die ist ja wohl spektakulär.« Sie berührt mich beiläufig und lässt ihre Hand ein wenig zu lange auf meinem Arm liegen.

»Ich hab eigentlich nie so sehr auf die Musik geachtet, mich haben eher die Videos interessiert.«

»Dagegen ist der Text von ›Happy People‹ wirklich ein lyrisches Meisterwerk.« Christina beugt sich vor und singt mir noch mal das gerade verklungene Lied ins Ohr:

»I want to see more happy people

Happy people want to see more happy people

Where are all those happy people?«

Sie kann zwar nicht so schön röhren wie ihre Namensvetterin, aber ich bin jetzt trotzdem auch ziemlich happy. Das scheint doch alles gar nicht so schlecht zu laufen.

Auf einmal steht ein Typ neben uns und flüstert Christina Aguilera etwas zu. Er trägt eine dieser riesigen schwarzen Brillen, die man aus Fernsehdokus über die 68er-Proteste und von alten Familienfotos kennt. Nerd-Brillen heißen die inzwischen. Ansonsten sieht er natürlich genauso aus wie alle hier. Auf seinem Stoffbeutel steht: »Ich bin intelligenter und fotogener als du.«

»Mein Kollege Dr. Alban«, stellt Christina ihn mir vor. »Und das ist Marky Mark.« Sie deutet auf mich. Ich muss unkontrolliert lachen, da macht noch jemand gern schlechte Witze. Dr. Alban hält mir aber unbeeindruckt seine Hand hin.

»Unterhaltet euch. Ich geh aufs Klo«, ruft Christina und stolpert Richtung Ausgang.

»Ich bin nicht ihr Freund«, sagt Dr. Alban und sieht mich ausdruckslos an.

Na toll, dann wohl ihr Beschützer, auch nicht besser.

Schon wieder beginnt ein neuer Song, »Hyper Hyper« von Scooter. Unglaublich, ich kenne wirklich jedes Lied.

»Immer wenn man denkt, es könnte nicht schlimmer werden, wird es doch noch schlimmer«, sage ich und beobachte die Hipster-Jünglinge auf der Tanzfläche, wie sie zu diesem unterirdischen Landproleten-Großraumdisko-Hit abgehen.

»Gefällt dir die Musik nicht?« Dr. Alban blickt mir ernst in die Augen.

»Soll das ein Witz sein?« Ich merke, wie ich langsam schlechte Laune bekomme. Dieser Dr. Alban ist mir sofort unsympathisch, keine Ahnung, wieso. Vielleicht weil er intelligenter und fotogener ist.

»Tut mir leid«, sage ich. »Ich kann das nicht ironisch gut finden. Ich bin mit dem Scheiß aufgewachsen. Ich habe meine ganze Jugend damit verbracht, mich von den Backstreet Boys und diesem Eurodance-Mist abzugrenzen. Und jetzt kommt das alles wieder zurück. Das Achtziger-Jahre-Revival konnte ich noch mitmachen. Duran Duran oder Wham! musste ich ja in meiner Jugend nicht ertragen. Aber das hier geht zu weit.«

Dr. Alban betrachtet mich eingehend, als wäre ich eine exotische Insektenart und er ein Tropenforscher mit riesiger Brille. Ich will noch einen Schluck Club-Mate-Wodka nehmen, merke aber, dass die Flasche leer ist.

»Das ist auch nicht ironisch, Mark«, sagt Dr. Alban trocken. »Das ist postironisch.«

Postironisch? Meint er das jetzt ironisch? Oder postironisch ironisch? Oder gar ernst? Und was ist der Unterschied? Ich suche in seinem Gesicht nach einem Hinweis, aber er starrt mich ausdruckslos an. Mir fällt nichts mehr

206

ein, was ich dazu noch sagen könnte, deswegen frage ich, wo Christina Aguilera denn so lange hin sei.

»Christina Aguilera?« Auf Dr. Albans Gesicht zeichnet sich so etwas wie Unverständnis ab. Seine erste halbwegs eindeutige Gefühlsregung.

»Na, du weißt schon, deine Freundin. Also, nicht Freundin, sondern, ja …« Ich beschließe, diesen Satz nicht zu beenden.

»Please speak in a whole sentence«, sagt Dr. Alban.

In diesem Moment steht Christina wieder vor uns, und ich stelle mit Entsetzen fest, dass sie ihre Jacke trägt und einen riesigen Rundschal um ihren Hals gewunden hat. In der Hand hält sie einen grünen Parka.

»Marky, wir müssen leider los.« Sie reicht Dr. Alban seinen Parka. »Vielleicht hast du ja mal Lust auf ein Duett? Meld dich einfach bei meinem Manager.«

Sie umarmt mich kurz, und ich rieche wieder ihren Geruch, der natürlich nicht nur nach Rauch und Mate riecht, sondern auch nach, ja – nach was? – nach ihr.

Drei Sekunden später drängeln sich die beiden durch die tanzende Menge Richtung Ausgang. Aber kurz bevor sie die Treppen zum Hinterhof erreichen, dreht sich Christina noch einmal um und lächelt mich an, ganz unironisch, und ich hoffe auch unpostironisch. Dann verschwinden die beiden im Gedränge am Ausgang. So viel hat sich auch nicht geändert seit meiner Schulzeit. Die hübschen Mädchen spielen immer noch Spielchen mit meinem Herzen.

In diesem Moment verklingt gerade DJ Bobos Überhit »There is a Party«, und die ersten Akkorde von …

Ich kann es nicht glauben, der DJ spielt es einfach noch einmal, das letzte Mal ist doch gerade eine halbe Stunde oder so her. Aber die Menge feiert wieder total, alle singen mit, wenn die Backstreet Boys mit verletzlichem Timbre zum Refrain ansetzen:

»Quit playing games with my heart.«